「あ……、ぁ……」

漏れる声が止まらない。

息をしようとすると、彼の手が動き、ハッと一瞬息を止めてしまうせいで呼吸が乱れているのに、声を出してしまうから苦しくなってくる。


息が足りないからか、軽い目眩も感じた。

優しかった他の動きがだんだん激しくなってきて、身体ごと揺さぶられているせいかも。

身を預け、背後の彼に寄りかかる。

背の高いコルデ様は寄りかかった私に上から覗き込むようなキスをした。

王の愛妾

火崎 勇

white
heart

講談社X文庫

目次

イラストレーション／池上《いけがみ》紗《さ》京《きょう》

王の愛妾

王の愛妾

私は、幸福だった。

そしてその幸福が、いつまでも続くと信じていた。

あの時まで……。


私が生まれたミントン伯爵家は、数多《あまた》ある伯爵家の中でも上の方だと思う。

領地は王都から離れた、さして広くはないものだったが、領地の真ん中に主要な街道が通っているおかげで、人や物の流通が盛んで、領民の生活も潤っていた。

また、ミントン伯爵夫妻、つまり私の両親は、お母様が侯爵家の出で、お父様は国王陛下のご友人であったため、立場的にも取り立てられていた。

王城の中にお部屋を賜ったり、王家主催のパーティに出席したり。陛下が遠出をする時には、その一行に名を連ねたり。

お父様がもし野心家であったなら、きっとすぐにでも侯爵位を叙爵していただろう。

けれど、お父様はそういう方ではなかった。

お父様の情熱は、王城内で位を上げることではなく、古くから受け継いできたミントン伯爵領をより豊かにし、領民の暮らしを守ることに向いていた。

無欲だからこそ、陛下のお覚えもめでたかったのだろう。

またお母様の実家の侯爵家は広大な領地ではあったけれど北の果て。

お母様自身、三女であったため、あまりよい扱いではなかったらしい。

「正直を言うとね。最初にお父様とのお話があった時、伯爵の、しかも領地の小さなお家《うち》に嫁がされるなんて、あまり幸福は望めないわと思っていたの」

そんなことを笑って言えるほど、実際は想像と違っていた。

婚約の前に交換した絵姿では美男子に描いてあったけれど、そんなものは画家の絵筆一つ。

だから期待などしていなかったのだ、と。けれど現れたお父様は絵のとおりで、更にご性格もよく、嫁いできた伯爵領は豊かで、人も優しい土地だった。

「結局、私は一番いい結婚相手を選んだのだと思うわ」

昔話はいつもその一言で終わった。

お父様の方は、疑うことなく絵姿の美しい姫に心を奪われていたので、お会いしてそれ以上の美しさと、教養と、優しいお心をお持ちのお母様と結婚できたことは幸福だったとおっしゃっていた。

夫婦仲はとてもいい、ということね。結婚してすぐにもうけた第一子は男子。それがライオネル兄様だ。

跡継ぎが生まれたから、次は女の子が欲しいと願っていた両親の下《もと》に生まれてきた二番目の子供が私だ。

お兄様が生まれてから七年目。待ち望んでいた女の子とあって、両親は私をとても愛してくれた。またお兄様も、私を可愛《かわい》がってくれた。

家族に愛され、優しい召し使いに囲まれ、裕福な生活を送り、私は自分が幸せな娘だと思っていた。

我が家に大きな変化が訪れたのは、お父様が病気になった時だ。

病気自体は、大したものではなかった。

けれど、お父様が病に臥《ふ》せっている時に、遠乗りに出掛けた陛下が落馬による怪我《けが》で命を落とされてしまったのだ。

お父様は、自分がついていければ、と酷《ひど》くお悔やみになっていた。

お父様と陛下の友情は王妃様もご存じだったので、伯爵でありながら葬儀の式典にお席を賜ったけれど、お父様は、親友の死去ですっかりお力を落としてしまわれた。

病で体力が落ちていたせいもあったのだろう、あまり城に出仕することもなくなり、領地に籠《こ》もるようになってしまった。

それがまた、お二人の間にあったのが利害などではなく、真の友情であったことの証明だと思われたのだけれど。

これでミントン伯爵家と王家の関係は絶たれるかと思っていたのだが、お父様が陛下の下をお訪ねになる時、お兄様を伴っていたことで、お兄様と王子様の間にも、友情は育っていた。

爵位は譲られなかったが、お仕事はお兄様に委ねられ、王子……、いえ、新しい国王陛下に望まれ、王都での勤めをすることになった。

生まれてからずっと側《そば》にいてくださった優しいお兄様と離れ離れになるのはとても悲しかったけれど、お兄様にとっては喜ばしいこと。笑って送り出すしかない。

それに、今度はお父様がずっと側にいらっしゃるのだし。

お兄様は新王コルデ陛下の友人として、立派にお勤めになった。

時々領地に戻られると、まだ正式にはあまり王都に足を運んだことのない私に、色々と王都のお話もしてくださった。

「私は今まで自分が出会った中では、お前が一番美しい女性だと思っていたよ、エリセ。金色の髪に深い緑の瞳《ひとみ》、白い肌に色差す咲き綻《ほころ》んだばかりの蕾《つぼみ》のような唇。だが王都にはもっと美しい女性がいた」

「まあ、当たり前だわ。お兄様は女性を見る機会が少なかっただけよ」

二人きり、庭先のベンチで語らった日のことを、私は忘れない。

暫《しばら》くこちらへ戻れなくなるからと、顔を見せに戻ってきたお兄様は、両親には内緒だと言って特別な秘密を打ち明けてくれたのだ。

「私は、功績を立てたいんだ」

「功績？」

ミツバチの羽音がする午後の庭。

風はまだ時折冷たかったけれど、日差しは暖かかった。

「父上達には内緒だが、侯爵位を拝したいと思ってる」

「まあ、そんな大それた……！」

お兄様は、決して権力志向な方ではなかった。

なのにどうして突然そんなことを言い出したのか。

その理由はすぐにわかった。

「私もそう思う。だが、私が求める女性の手を取るためには、それくらいの地位が必要なのだ。伯爵では、気持ちを打ち明けることすらできない」

そういうことだった。

「私より美しいと思った方ね？」

お兄様は照れたように笑った。

「ああ。今まで出会ったどんな女性よりも美しいと思った。容姿だけでなく、内面も」

「その方は侯爵令嬢？　それとも公爵令嬢？」

「それはまだ秘密だよ。もしもその時がきたら教えてあげよう。それで、エリセに相談なのだが、女性が喜ぶプレゼントとはどういうものだ？」

「それは……、お花やお菓子かしら？　大人の女性ならば、宝石が一番だと思うけれど」

「宝石などは沢山持っているんだ」

　ああ、身分の高い女性ですものね。

「そうね……。私なら、特別なものが欲しいわ」

「特別なもの？」

「ええ、誰でも手に入るものではなくて、私だけの特別なもの。決して高くなくていいの、私のためだけに用意されたものなら」

「具体的には？」

「本当に何でもいいのよ。ハンカチでも指輪でも。私の名前を縫い取ってあったり、他にないデザインのものであれば。自分は特別に想《おも》ってもらえている、という気持ちが伝われば何でもいいのよ」

　お兄様が私に相談をするなんて初めてのことだったので、少し浮かれて、饒舌《じょうぜつ》になってしまう。

「指輪は結婚の約束をする時のものだから……、ブローチはどうかしら？　その方がお好きな花をモチーフにして、特別にあつらえるといいわ」

「ブローチか……。そうだな、それならば」

「その方のお好きな色は？」

「赤……かな？」

「お好きな花は？」

「薔薇《ばら》とユリだな」

「では赤い薔薇の花のブローチになさったらいいわ。それで、裏に名前を彫っておくの」

「エリセなら喜ぶかい？」

「ええ。でも、恋人でないなら、あまり高価なものは困るわね」

「ふむ……。わかった、リュナンの細工師に頼んでみよう。お前の名前で頼んでもいいか？」

「私の？」

「誰に贈るか、まだ秘密にしておきたいから」

「そういうことなら、いいわ。私からお母様の誕生日用だとでも言えば。それならば『愛を込めて』でもおかしくないでしょう？」

「そうしよう」

お兄様には、それまで恋の噂《うわさ》などなかった。

女性とお付き合いしたことがないとは思わないけれど、想いを寄せている方がいらっしゃるという話は一度も出てこなかった。

新王にお付き合いして、仕事優先だったから。でも、もしもこの恋が上手《うま》くいったなら、私にもお義姉様《ねえさま》ができるのだわ。そう考えると心が弾んだ。

「私も、その方にお会いしたいわ」

「お前もそろそろ王城のパーティに顔を見せてもいい頃だろう。社交界にデビューはしたのだろう？」

「ディーゼル公爵のパーティで。でも王城は全然違うのでしょう？　私も陛下のお姿を拝見したいわ。コルデ陛下はとても美男子だそうだし」

「ああ、男前だ。凜々《りり》しくて颯爽《さっそう》としてらっしゃる」

私は先王様とはここで謁見したことがあったが、コルデ王とその妹君であるアレーナ様は、戴冠《たいかん》の式典を遠くから眺めただけだった。

お二方とも、王太后様譲りの黒髪の美しい方らしい。以前お兄様も褒めていらした。

王太后様は南の方の国の出身で、その美しい黒髪が先王陛下のお心を射止めたともっぱらの噂だった。

「先王様が亡くなられて、王太后様は離宮に移られるのじゃないかって噂があるけれど、本当かしら？」

「かもしれないな。ご自分のティアラを作り替えて、アレーナ様のティアラになさるそうだ」

「ティアラを？　それじゃ王太后様はもう公式の席にはお出にならないの？」

王族の女性は公式の席ではティアラをつけることが必須《ひっす》だ。それを作り替えてしまうということはもう公式の席には出ないということになる。

けれどお兄様は、私の心配を笑った。

「違うよ。もっとシンプルなものを新しく作られるんだ。これからはコルデ陛下やアレーナ様の時代。ご自分はあまり表舞台には立たないようになさるらしい。あまり出しゃばると、コルデ陛下が王妃を迎える時の妨げになるだろうと」

「まあ、陛下のお母様である方が妨げになるなんて、あり得ないわ」

私がそう言うと、お兄様は優しい目で頷《うなず》かれた。

「そのとおりだ。だが、世の中は皆、お前のように家族を大切に想う人ばかりではない。特に、権力の座にある方は、色々とあるのだよ」

「わかってるわ。『権力には人の思惑が渦巻く。友情を大切にするならば、権力を口にしてはいけない』って、お父様がよく言っていたもの」

だからこそ、先王陛下とお父様の友情は長く続いたのだわ。

「人は何もないところからも邪推するのよ。だから、お兄様も大変よね」

「私？」

「陛下とお友達だと色々言われるのじゃなくて？」

「……まあそうだな。功績や実力があればいいのだが」

「あら、それなら安心ね。お兄様はとても優秀ですもの」

「そうでもないさ。だが、陛下と私の間にあるものは、真の友情と信頼だと思っている」

お兄様は誇らしげに言った。

「その友情を守るためにも、私は清廉でいなければならないし、自分の力のみで前に進まなければならないのだ」

何かを決意するように続けてから、照れたように私に微笑《ほほえ》みかけた。

「約束するよ。今度の仕事が終わったら、お前を王城に招くと。新しいドレスを頼むといい、私が買ってあげよう」

「本当？」

「ああ。私から父上に言っておこう。さあ、そろそろ部屋へ戻ってお茶にしよう。明日はまた王城へ戻らねばならないからな」

「もっとお城のお話を聞きたいわ。陛下のことも、アレーナ様のことも」

「お茶をしながら話してあげるよ」

私は、優しいお兄様が好きだった。

王城へ出仕なさるようになってからは、よい噂しか届かず、自慢の兄だった。

柔らかな、茶がかった髪、優しい緑の瞳。今までに知り合ったどんな殿方よりも、素敵な男性だと思っていた。

そのお兄様が、私を王城へ招待してくれる。王様に会わせてくれると言ったのは、まるで夢のような話だった。

新調したドレスに身を包み、お兄様の手を取り華やかな舞踏会で王様や姫様にご挨拶《あいさつ》をする。

何て素敵なことでしょう。

けれど……。

そんな日はやってこなかった。

お兄様が王城へ戻って二週間後、我が家を訪れたのは、お兄様でなく、冷たい目をした男達だった。

そしてその男達は、到底信じがたい言葉を私達に投げかけた。

「ミントン伯爵。国王陛下からのお達しである。貴殿の子息、ライオネルの窃盗容疑について詮議《せんぎ》したい。この知らせを受けたら直ちに王城へ来るように」

それが、私の幸福の終わりを告げる言葉だった……。

お兄様は、陛下の密命を受け、王都から南のサージェスという街へ向かう途中、行方不明になった。

もし、それだけのことだったら、私達は気遣《きづか》われ、情けをかけられていただろう。

王の密命。

それが問題だったのだ。

あの日、お兄様が庭のベンチでしてくれた話。

『ご自分のティアラを作り替えて、アレーナ様のティアラになさるそうだ』という話が、お兄様の密《ひそ》かなお仕事だった。

王太后様は、アレーナ様の新しいティアラのために、ご自分のお持ちだった淡いピンクがかったダイヤモンドのブローチを使わせることになさった。

アレーナ様が、以前からそのブローチを気に入ってらしたのを知っていたので。

それは子供の拳《こぶし》ほどもある大きくて美しい石だった。

ティアラは既に、王都の南、宝飾の職人の工房がある、サージェスで作られている最中だった。

そこへ、そのブローチを届けることになったのだ。

本来ならば、兵士を立て、大行列で運ぶべきものだが、お兄様は陛下に信用されていた。

大勢で移動すれば、却《かえ》って悪い者達に『高価なものを運んでいる』と知らせるようなもの、剣の腕も立つ、信用のおける者が秘密裏に動く方がよかろうということで、お兄様が一人でそれを運ぶことになったのだ。

あの日、陛下に信用はされていると、少し誇らしげに語ったお兄様。

こんな大役を任せてもらえるのだ、と自慢したかったのだろう。そして緊張もしていたに違いない。

けれどどうして、同行者の一人も付けてくれなかったのだろう。

お兄様は、貴重な宝石を手に、一人旅立ち、嵐の夜に姿を消した。

約束の日を三日過ぎても、宝石が届かなかったことを訝《いぶか》しんだ宝飾工房からの知らせで、お兄様が姿を消したことを知った陛下は、まず最初に事故や盗賊を疑った。

目立たない身なりで出掛けたとはいえ、貴族であると気づかれれば、普通に襲われるかもしれないから。

けれど、お兄様の足取りを調べることさえ、難しかった。仕事に忠実だった、といえるだろう。人目につかぬようにすることは、この任務では大切なことだから。

それが疑念をもたれる理由にもなった。

もしかして、お兄様は最初からこの宝石を奪うつもりで姿を隠したのではないか、と。

お兄様はご自分の意思で、陛下の友情を使っての立身出世を望まなかった。それはご本人の口から、私も聞いている。

でも口さがない人々は、王の覚えがあっても出世できぬことに苛立《いらだ》って、宝石を盗んだのではないかと噂した。

やがて、調査隊は一人の男が馬を売りに来たことをつきとめた。

その男は顔を隠し、馬具についていた紋章などを削り取り、代金を受け取るとすぐにいなくなってしまったらしい。

それがお兄様ではないか、と疑われた。

我が家に男達が訪れたのはその後だ。

彼等《かれら》は、お父様を王都に連れて行き、お兄様の行方を知らないかと詮議にかけた。

お兄様の足取りを摑《つか》めるものはないか、或《あ》いはここに宝石が隠されているのではないかと、屋敷《やしき》は隅々まで捜された。

官吏達には敬意や気遣いはなく、私の部屋のタンスやクローゼット、宝石箱まで引っ繰り返していった。

お母様はショックで床《とこ》に臥し、お父様も王都から戻られると部屋に閉じこもったまま、出てくることもなくなってしまった。

気が付けば、秘密裏であった任務のことはお兄様の行方不明と共に人の口に上り、こう噂されるようになってしまった。

ミントン伯爵の息子は、王の宝石を盗んで行方をくらました、と。

陛下は、何もおっしゃらなかった。

公式にも、お兄様が犯罪者であるという糾弾はなされなかった。証拠は何もないのだ。

お兄様が宝石を持って王都を出た。その後行方不明になった。

事実はその二つだけ。

誰かに襲われたということだってある。

でも人々はこう言ってその考えを否定した。

もしも盗賊に襲われたなら、遺体が出るだろう。遺体がないということは本人は生きているに違いない。足取りを摑めなくするために、馬を売ったのだ。

でなければ、誰が馬を売りに来たというのか？　馬を盗まれたのなら、どこかで別の馬を調達して任務を遂行することもできただろう。

何より、未《いま》だ姿を見せないのは、望んで姿を隠しているからに違いない。

旅の途中に嵐が襲ったのも、悪い要因だった。

風はないが雨が酷く、道行く人々は皆黒い帽子に黒いマントを羽織《はお》り、顔立ちがわからない様相。

お兄様も、同じ格好だったらしい。

つまり、宿屋や、食堂や、街道で見かけた『誰か』が、お兄様であったのか、他の人であったのか、判別がつかなかったのだ。

馬を売りに来た男もそう。

宿屋に泊まらず、辻馬車《つじばしゃ》の時間を訊《き》いた男もそう。

船に乗るのだと話していた男もそう。

隊商の後ろにひっそりとついてきていた男もそう。

みんな、みんな、雨のせいで先を急ぎ。みんな、みんな、雨のせいで風体は同じでありながら顔がわからない。

曖昧《あいまい》なものに対して、人はそれぞれの想像を口にする。

事実がわからないから、自分の持論こそが真実だと声高に叫ぶ。

そして、人は大抵悪いことの方が好きなのだ。

結果、人々は我が家から足を遠ざけた。

それまで、国王陛下のお気に入りであるお父様に取り入ろうとしていた人は、一番に逃げ出した。個人的な友人でさえ、慰めの言葉を口にしながら、距離を置いた。

お父様は華やかなパーティを開くことをせず、我が家の者を招待してくれる人もいない。

少しでも華やかなことをしたり、買い物をすれば、『それはどうやって得た金なのか?』という目で見られる。

まるで、お葬式がずっと続いているような日々だった。

私は、お兄様を信じていた。

あの日、陛下の信頼に応えたいと言っていたお兄様。

愛する女性がいるのだと言っていたお兄様。

そんなお兄様が泥棒になど成り下がるわけがない。

だから、力を落とす両親の前で、私だけは笑っていた。

顔を上げて、何も辛《つら》いことなどないのだ、という顔をして見せた。

新しいドレスを作ったり、外へ出掛けることはなかったけれど、家の中では、努めて明るく振る舞った。

そして半月ほど過ぎた頃、一通の招待状が届いた。

お父様のご友人であるメルチェット侯爵の誕生パーティの招待状だ。

「何も恥じることがないのなら、ぜひ顔を出してくれとある」

招待状を手に、お父様は複雑そうな顔をした。

「恥じることはないが、人々の噂の種になるのは辛いな……」

この半月で随分《ずいぶん》とお年を召してしまったお父様はそう言ってため息をついた。

「だが行かねば、何かを言われるだろうし」

お母様は、お倒れになってからお身体《からだ》だけでなくお心も弱くなって、とても人前に出られる状態ではなかった。

「私だけでも顔を出してくるよ。内々のパーティのようだから、同伴者がいなくても許されるだろう」

お父様だって、人前には出たくないだろうに。

だから私は言った。

「まあ、王都で、侯爵様のお誕生日パーティですって？　素敵。お父様が行かれないなら、私が行きたいわ」

「エリセ」

「ねえ、お父様。私が名代ではいけないかしら？　私、きっと上手くやるわ」

お父様も、『本当のところ』は察していらしただろう。

けれど、私を制してご自分が出席すると言うほどの強さは、もう残っていなかった。

「それでいいのか？」

「私は平気よ」

辛いことはわかっている。

でもお兄様がいなくなってしまった以上、お父様達を支えられるのは私しかいないのだ。

「一度王都のパーティに出たいと思っていたの。メルチェット侯爵なら私もお顔を存じ上げているし、ちゃんとご挨拶できるわ」

お父様は、暫く黙っていたけれど、最後に呟《つぶや》くように言った。

「……すまない、エリセ」

小さく、震える声で。


王都に行ったことは今まで何度かあった。

けれど、一人で向かうのはこれが初めてだった。

お父様は私を気遣って、侍女と侍従を二人ずつ付け、王都でも最高の宿を取ってくれた。

ドレスは新調しなかったけれど、薄緑のお気に入りのものを用意した。

馬車に丸一日揺られて到着した王都は、相変わらず美しく、賑《にぎ》やかだった。

滞在は三日。

到着し、支度をするのに一日、パーティに出席するのに一日、そして翌日に戻る。

この三日が、自分にとってどういうものになるのか、よくわかっていた。

私が誰だかわからないうちはいいだろうが、ミントン伯爵家の娘であると知られた途端、冷たい視線と口さがない噂に晒《さら》されるだろうと。

それでも、私が顔を上げて、平然と振る舞えば、お兄様の悪い噂が消えるのではと思うと勇気が湧《わ》いた。

次の間付きの、特別な宿の部屋も、私の心を軽くしてくれた。

本当なら、お父様もお兄様も王城にお部屋を賜っていたのだから、その部屋を使うことができただろう。

そうでなくとも、誰か親しい方のお屋敷に滞在することもできた。

けれど今はそのどちらもできないのだ。

宿に到着してから、私は一歩も部屋を出なかった。

強がっていても、どこかでお兄様の悪い噂を耳にするのが怖かったから。

翌日も、侯爵邸に向かうまで、ずっと宿に籠もっていた。

決して卑屈になってはいけない。

私が俯《うつむ》けば、お兄様が罪人であると認めてしまうことになるのだから。

念入りに装って、淡い緑のドレスを纏《まと》い、お母様が貸してくださったエメラルドのネックレスをつけ、金色の髪にもエメラルドと真珠の髪飾りをつけた。

若い娘なのだから、赤やピンクの方がよいのでは、とお母様に言われたけれど、お兄様の行方がわからない今、あまり華美なものを選ぶ気にはなれなかったのだ。

用意された馬車に乗り、メルチェット侯爵の屋敷へ向かう時も、心臓は高鳴っていた。

どんなことが巻き起こるのか、何を言われるのか、不安は時間と共に増大してゆく。

メルチェット侯爵も、侯爵夫人も、お優しい方だもの、きっと悪いようにはならないわ。

そうは思っていても、一人きりでパーティに出るのも初めてだから緊張した。

パーティが始まるより少し前にお屋敷に到着し、馬車を降りる。

先方には予《あらかじ》めその旨を伝えておいたので、召し使いが迎えに出て、侯爵様の待つお部屋に通してくれた。

そこで、まずはお父様からの贈り物である珍しい異国のワインを渡し、ご挨拶をする。

侯爵は贈り物を喜び、私にも言葉をくれた。

「美しくなったね、エリセ。私はライオネルを知っている。こちらでは時々顔を出してくれていたしね。彼が噂されているようなことをしでかすとは到底思っていない。君は私の正式な招待客だ。色々と言われるかもしれないが、堂々としていたまえ」

ありがたいお言葉で、涙が零《こぼ》れそうだった。

「メルチェット侯爵のお優しいお心、痛み入ります。父の名代として、最後まで出席させていただきますわ」

侯爵は、お優しかった。

奥様も。

けれど、全《すべ》ての方々がそうだったわけではない。

華やかなパーティ会場。着飾った人々が侯爵に祝いの言葉を述べ、会場に散ってゆく。

王都で暮らしていない私には、知り合いがほとんどいなかった。

ダンスを踊る気持ちにはなれなかったので、女性の集まるサロンへ行くと、その場を取り仕切る年配の女性が私に目を留め、声をかけてくださった。

「あまりお見かけしない方ね。どちらのお嬢様かしら？」

笑顔で優しく語りかけられ、私はつい正直に名乗ってしまった。

「ミントン伯爵家のエリセと申します」

「ミントン……」

その瞬間、彼女の顔に浮かんでいた微笑みが消えた。

「まあ、そうなの」

会話もそこで途切れた。

口元を扇で隠し、隣に座っていた女性に何かを囁《ささや》く。

囁かれた女性は、これみよがしに驚いた顔をし、またその隣の人に囁いた。

広がる囁きに伴う冷たい視線。

私の座っていた長椅子《ながいす》にはもう一人若い女性も腰掛けていたが、母親らしい女性が迎えにきて離れて行った。

気づけば、私を中心に人の姿は消え、離れた場所から蔑《さげす》むような視線を向けられる状態になっていた。

こうなることはわかっていたじゃない。

決して歓迎されないだろうとは思っていたじゃない。

それでも、実際その態度で迎えられることは辛かった。

仕方なく、私は再び大広間に戻り、壁際の椅子に座った。

壁際の椅子には、誘われるのを待つ女性達がまばらに座っている。

ここならば、話しかけられなくても気にしないでいられるだろう。放っておいてもらえる筈だ。

けれどここでも、私は遠巻きにされた。

誰かが気づいて近づいて来ようとすると、他の誰かがその腕を捉《とら》えて何かを囁く。そして先ほどの女性のように驚きを顔に浮かべ、冷笑しながら去ってゆく。

中にはわざわざ声をかけに来る人もいた。

「ミントン伯爵令嬢？」

「……はい」

「その後、お兄さんから連絡はあったかい？」

「兄は行方不明ですの」

「どこかで落ち合う約束をしてるんじゃなくて？」

「……そのようなことはございません」

侯爵が側にいらしたら、このようなことはなかっただろう。けれど、侯爵はお祝いを述べる方々に囲まれて私に注意を向ける暇はないようだった。

辛い。

辛いけれど、俯くわけにはいかない。

私は会場を見ながら微笑み続けた。

いいのよ。

これがお兄様の無実の証《あか》しになるのだと思えば、これぐらいのこと平気だわ。手を上げられたり追い出されたりするわけではないもの。

ここで席を立ったら、私がお兄様を恥じていることになってしまう。

お兄様は無実。だから私はここにいることを恥じていないの。

存在を無視されているだけなら、他のことでも考えていればいいわ。

そうね。今日はここに集まる人々を眺めるために来たと思えばいいわ。

素敵なドレスに身を包み、軽やかなステップを踏む人々を見るために、私はここにいるのよ。だから誘われなくても、声をかけられなくてもいいの。

人々の噂が伝播《でんぱ》して、ちらちらと私を見る人が増えてきても気にしない。

「ミントン伯爵令嬢？」

そうして平静を装っていると、突然男性が私の目の前に立った。

黒髪の、背の高い方だけれど、何故《なぜ》かその顔には仮面を付けている。

「そうですけれど、あなたは……？」

「招待客の一人です」

「どうして仮面を付けてらっしゃるの？」

「顔に傷があるのですよ。でも侯爵の許可は取っています」

「まあ、それは大変失礼なことを」

「いいえ。それで、こんな私でよかったら、一曲踊っていただけないでしょうか？」

男性は私に向かって手を差し出した。

「私と……？」

「ええ。仮面を付けた男がお嫌でなければ」

仮面の男性は微笑んだが、近くにいた殿方が彼に声をかけた。

「君、彼女はライオネルの妹だよ」

私にも聞こえる声で。

　でも仮面の人は笑みを浮かべたまま、問い返した。

「だから？」

　声をかけてきた人が更に付け加える。

「あのミントン伯爵家のだぞ？　国王の宝物庫から盗みを働いた男の」

　酷いわ。いつの間にそんなことになってるの？

　お兄様は宝石を運ぶ途中に行方不明になっただけなのに。

「宝物庫に盗賊が入ったとは知らなかったな。もしそんなことになっていたら、きっと管理を任されていた者はみんな失職の上罰を受けているだろう。君、それは間違いだ」

「……だが、盗《ぬす》っ人《と》であることは……」

「ミントン伯爵が泥棒なら、国中に手配が回っているだろう。だが私はそんな告知は見たことも聞いたこともない。ただの噂に振り回されてこんな素敵なレディを放っておくなんて、もったいないことだ」

　彼は私の手を強引に取って、立ち上がらせた。

「私は親切で言ってやったんだぞ」

「では私も親切で言ってやろう。正式な発表のないことを憶測だけで噂として広めることを、国王は喜ばないだろう。くだらぬ噂に振り回されるのは愚かな行動だ、とな」

　そしてそのまま私を連れてフロアの真ん中へ進んだ。

「踊れるか？」

「え？　あ、はい」

「では」

音楽に合わせ、彼がステップを踏む。

彼は、とても上手かった。

男性とダンスを踊るのは初めてではないのに、彼にリードされると、ドキドキする。

先ほどの態度で、この方の心根の素晴らしさを知ってしまったからかしら？　それとも、リードが上手いから？

「あの……、あなたは兄の知り合いなのでしょうか？」

踊りながら、私は彼に問いかけた。

「何故？」

「だって……、今の方がおっしゃったような噂が出回っているのに、私を誘ってくださるのは、兄の友人だからなのかと……」

「私が彼の友人であろうとなかろうと、美しい女性をダンスに誘う理由には関係ないな。君こそ、兄上の悪い噂が出ていると知らなかったのか？　こんなところに出てくるなんて。それとも、こういう目にあうとは考えなかった？」

言い方は優しいけれど、少し厭味《いやみ》を含んだ言葉だわ。

考えが甘い、と言いたいのね。

「確かに、これほどの扱いを受けるとは思っていませんでした」

「素直だな。それで、実際『これほどの扱い』を受けた感想は？」

「別に」

「別に？」

「噂《うそ》は嘘です。信じた人が見せる愚かな態度をいちいち気には病みません」

「ほう？」

信じていない声ね。

「兄は、ただ行方不明になっているだけですわ。任務の途中で行方知れずになったことを咎《とが》められたのでしたら、申し訳ないと思いますけれど、先ほどの方のような泥棒呼ばわりには下げる頭などありません」

「兄上を信じているのか」

「当然です」

少し意地悪なことを言うけれど、彼がお兄様の友人であることは間違いないだろう。

だって、『当然です』と答えた私の言葉に、嬉《うれ》しそうな笑みを見せたのだから。

その後は、もう何も言わず、彼は一曲を踊り終えた。

これで終わりだと礼をして離れようとしたが、彼の手は私の手を握ったまま離さなかった。

「あの……」

「もう少し君と話をしたい。もう一曲踊ってくれ」

言うが早いか、彼はそのままステップを踏み始めた。

「君は、踊りが上手い」

「あ……、ありがとうございます」

「それに度胸がある」

「度胸?」

「こんな仮面の男と一緒に踊ってくれる。自分が注目を集めているのに。君の兄上のことを思えば、人目を引きたくない、ダンスなど踊らないと言うと思っていたよ」

「あなたは私の名誉を守ろうとしてくださったわ。それにお顔に傷があるから仮面を付けていらっしゃるのでしょう?　それがダンスを断る理由にはならないわ。ただ……」

「ただ?」

「お名前は教えていただけると嬉しいわね」

「名前か……。ではカイで」

「その言い方だと、偽りの名を口にしているようね」

「ああ、偽りだ。今ここで名乗ることができないから」

まあ、正直な。

「どうして？」

「そう侯爵と約束したのだ。パーティに出るなら名乗らないと」

「まあ、どうして？」

「それは秘密だ」

彼はくるりと私を回した。

その時、会場にいる人々が私達に注目していることに気づいて顔が強《こわ》ばってしまった。

彼の言うとおり、噂の主《ぬし》である私と仮面の男性が踊っているのは気になるのだろう。好意的ではない視線が注がれ、それは私達が何をしでかすかと期待しているようにも思えた。

それが悔しくて、私はわざと微笑んだ。

彼は、私の気持ちに気づいたのだろう。

「笑った方が美人だ」

とお世辞を言ったから。

二曲目が終わると、彼は私の手を取ってメルチェット侯爵の方へ近づいた。

侯爵は彼を見て（多分彼の方だと思うわ）、少し困った顔をした。

「随分と目立つことを」

「目立つのは仮面のせいだ。それよりこちらのお嬢さんをバルコニーへ誘っても？」

「エリセを？　何のために？」

「楽しく語らうためだ。それ以上のことは何もしないと誓うよ」

「……それならいいでしょう。彼女は大切な友人のお嬢さんだ。いらぬことは言わないようにに願いますよ」

「わかってる」

この人は、随分と侯爵と親しいのね。

それに侯爵と同等の口を利いてるわ。

侯爵に名前を呼ばれ、ドレスの裾《すそ》を摘まんで軽く屈《かが》む。

「エリセ」

「彼はその……、私の客人だ。少し相手をしてさしあげてくれ」

「私でよろしければ」

『さしあげて』？　やっぱりこの人は身分の高い人なのね。

公爵なのかしら？

「ではエリセ嬢、私の身元は侯爵が保証してくださった。安心してバルコニーで語らいを」

「……はい」

彼は近くを通りかかったメイドのトレイからグラスを二つ取り、私についてくるよう促して歩きだした。

彼が侯爵と話をしたことで、私を含めた皆が謎《なぞ》の人物の存在を容認した。仮面は付けているが、どうやら彼は『まとも』な人物のようだ、と。

そして私達がフロアを通り抜け、バルコニーへ出ると、興味をもって向けられていた視線は無視に変わった。

このパーティに相応《ふさわ》しくない人物が、やっと消えてくれたというように。

会場から逃げ出すのは、自分に非があるみたいで嫌だったけれど、正直冷たい視線の群れから逃れることができてほっとした。

「どうぞ」

彼は、バルコニーの手すりにもたれながら、私にグラスを差し出した。

「お酒はあまり得手ではないの」

「これは甘いのだよ。酔ったら、ちゃんとメイドに引き渡そう。女性を酔わせてどうこうする趣味はない」

そうまで言われては、口をつけないわけにはいかない。

私はグラスを受け取り、一口だけ口をつけた。甘いワインの味が口に広がる。これは女性向けのものね。これならば私でも飲めそうだわ。

「私と、何を語らうおつもりなんですか？」

「そうだな……、どうしてそんなに凛《りん》としていられるのかと思ってな」

「恥じることなど何もないからですわ」

「兄上が、本当に疑わしいことをしていないと信じている？」

「当然です。何度訊かれても同じ答えしかしませんわ」

彼はグラスの中身を一気に飲み干してしまった。

こんな甘口のワインでは物足りないというように。

「君はこれからどうするんだ？」

「このパーティが終わったら、屋敷に戻ります」

「いや、そうではなく……。もっと未来の話だ」

「もっと未来？」

「あまり考えていない？」

「……ええ」

「そうか」

何故か彼は苦笑した。

未来のことなんて、考えたことなどないわ。

今考えるのはお兄様が無事に帰ってきてくれることだけよ。

私の未来なんて、お父様が決めた方と結婚して……。

その時、彼の言いたいことがわかった。

彼は、この状態の私に結婚を申し込む者はいないだろう、と言いたいのだ。

今は、陛下は何も言わない。けれど、もしも犯罪の証拠が出たら、王家の宝物を盗んだ者の妹など妻にはできない。その可能性があるうちは、誰も私に求婚などしない。

私には、結婚相手がいないと言いたいのだ。

「私……、女領主もいいと思いますわ。陛下が認めてくだされば、女伯爵というのも格好いいでしょう?」

「女伯爵?」

「ええ。以前、ドリエル侯爵がお亡くなりになった後、奥様が女性侯爵になったという話もありますし」

「あれは子供がいなかったからだろう。養子を迎えた後はその子供に爵位は譲った」

「ええ。ですから、私がそうすればいいのですわ。でも、兄はきっと帰ってきます。だからこれは夢物語ですけれど」

「君は強いな」

からかうのではなく、静かな声で彼は言った。

「きっと、泣き暮らしているのだろうと思っていた。ここへ来ることになったのも、気落ちしているご両親のためではあるのだろうが、何が起こるか知らずに来てしまったのだろうと。だがそうではなかった」

優しい響きに胸の奥が熱くなる。

「君は少し甘くは考えていたかもしれないが、それでも何が起こるかわかっていた。なのに、兄上のため、ご両親のためにここへ来た。そしてそうやってまっすぐに立っている」

この一件があって、初めての外からの優しい言葉に、泣きそうになってしまう。

「私にも妹がいるが、きっと君のようにはなれまい。感情的で、すぐに怒ったり泣いたりしてしまうだろう」

でも涙を流すわけにはいかないから、私はぐっと堪《こら》えた。

それを察したかのように、彼の手が頰《ほお》に触れる。

その指先に、また胸が詰まって、涙が誘われた。

「私だって、泣いたり怒ったりはしますわ。でも、それが兄のためにならないとわかっているだけです」

「残念だ。こんなところでなければ、涙を流すことを許してやれたのに」

「ここでは泣きません」

「だろうな。さて、あまり長く二人きりでいると、今度は別の悪い噂を立てられそうだ。そろそろ中へ戻ろう」

そう長くも話していないのに、彼は手を引っ込め、寄りかかっていた手すりから身体を起こした。

「今日はもう帰りなさい。兄上のために頑張《がんば》るのもいいが、その務めは十分に果たした。わざわざ下種《げす》な人間の好奇心を満足させる必要はない」

「でも……」

「侯爵には私が言おう。君は立派だった」

純粋な褒《ほ》め言葉《ことば》と改めて軽く肩に置かれた手に、また涙が零れそうになる。

今度は、唇を嚙《か》み締《し》めなければ我慢ができなかった。

「私は君に敬意を払おう、レディ・エリセ」

そう言うと、私の手から飲みかけのグラスを取り、中身を一気に飲み干し、微笑みかけた。

まあ……。この方は何て素敵に微笑むのかしら。仮面のせいでお顔はわからないけれど、その口元も、視線も、美しいわ。

もっとお話をしたいという気持ちが湧き上がったけれど、彼の言うとおり、長居はしない方がいいだろう。私は殿方と語らうためにここへ来たのではないもの。

私達が連れだってフロアへ戻ると、侯爵がすぐに近づいてきて、彼の方へ声をかけた。

「何を話していたのです?」

「他愛のない話だ。だが、彼女が立派な女性であることを認識した。彼女はもう帰した方がいいだろう」

「そうですな……」

「彼女の名誉のために、逃げ帰るのではなく正式な退室と示すために、侯爵が馬車まで送られるといい」

「そんな、パーティの主役に席を外させるなんて、お客様に対して失礼ですわ」

二人の会話に割って入ると、二人は共に私を見た。

そして彼が笑った。

「このように、苦境にあっても他者に心遣いができるレディのようだ」

当然のことを褒められるのは少し恥ずかしい。

「私がこれ以上こちらにいては、パーティの雰囲気を台なしにしてしまうのはわかっています。私が兄のことを恥じていないというのは示すことができたと思いますので、お許しがいただければ、これで退室させてください」

これは、私から申し出るべきだと思って、自ら口にした。

「うむ。エリセ、今日はありがとう。ミントン伯爵にもよろしく言っておいてくれ」

「はい」

「では、私もそろそろ戻るから、玄関まで送ろう」

彼は、ちょっと強引に私の手を取り、そのまま大広間から出た。

連れ出された、と言っても、廊下にも人はいるし、召し使い達も行き来している。二人きりではないので、連れだってゆっくりと進んだ。

もう彼は私に話しかけることはなく、玄関へ向かうと馬車を呼び、私を先に乗せてくれた。

ふっと思って窓からそっと彼の姿を覗《のぞ》くと、彼は黒い馬車に乗り込んでいた。

私のような雇いの馬車ではなく、自分の家の馬車だろう。

「カイ……」

偽りの名だ、とはっきり言われたけれど、その名前しかわからないから、私はそっと口に出してみた。

きっとお兄様のお友達なのだわ。

でも、お顔に怪我をしたお友達がいるという話は聞いたことがなかったから、仮面を付けていたのはお顔を隠すために違いない。

ご身分のある方のようだったから、私などといるところを見られては困るのだろう。

それを思うと少し残念ではあるが、仮面を付けてでもお兄様のために出てきてくださったことに違いはない。

この王都に、お兄様を信じてくださる方がいると思うのは、心強いことだった。

顎《あご》のラインしか見えなかったけれど、きっととても素敵な方ね。

仮面から覗く青い目が、綺麗《きれい》だった。

緊張して、ダンスのことをあまりよく覚えていないのが残念。

とても踊りが上手い人だったから、もっと楽しむように踊れたらよかったのに。

もう、私が王都でパーティに招かれることはないかもしれない。

私は遠く見える王城に視線を向けた。

領地と違い、夜でも街灯が照らす街並みの向こう、高く聳《そび》える城。

あそこに行きたかった。連れて行ってもらえるはずだった。

でも、それももうないことなのだわ。

「強くならなくちゃ……」

今日は楽しかった。

そう思っておこう。

そしてこの楽しみはこれが最後。これからは、あの方に言ったように、女伯爵になれるくらい勉強し、両親を支えていかなくては。

お兄様が見つかるまで。きっとそう遠いことではないはずだから。

そう信じて……。

王都での短い滞在は、あっと言う間に終わってしまった。

あの仮面の方の正体はわからないままだったけれど、少し残念な答えは得た。

屋敷に戻ると、お父様がこう言ったから。

「パーティはどうだったね？　誘ってくださる方がいただろう？　お前が一人にならぬよう、お願いしておいたのだよ」

つまり、あの方はお兄様のお知り合いというより、お父様のお知り合いで、お父様の願いを聞いて私を誘ってくださったのだ。

彼が、お兄様のことを信じてくれたことに変わりはないのだけれど、ご自分の気持ちで私の手を取ってくださったのではなく、お父様の頼みだったというのが残念だった。

仮面ごしの優しい瞳に、少し惹《ひ》かれていたから。

「ええ、とても素敵な方が誘ってくださいましたわ。ですから、私はもうこれで十分。お兄様が戻られるまで、少し領主として学ぼうと思いますの」

「学ぶ？」

「はい。戻ってらしたら、お手伝いができるくらいに。結婚するより、楽しそうだと思いません？」

私の言葉の意味を、お父様は察したらしく、すぐには返事をしなかった。

苦悩する表情を浮かべ、諦《あきら》めたように呟いた。

「……家庭教師を、呼び寄せよう。今、当家に来てくれる者がいるなら」

望むことではない。

そうさせたいわけではない。

だがそれしか道はないのだろうという一言だった。

お兄様が戻られれば、全てが笑い話になる。

そうなることを信じていながら、そうなる可能性が薄いことも、感じ始めていた。

家庭教師が決まるまで、私はお兄様の部屋へ入り、お兄様が読んでいた本に目を通すことにした。

内容が全てわかるわけではないけれど、何かの役に立つかもしれないと。

領主になるためには何を勉強したらいいのかしら？

農地や狩猟のこと？　税収のこと？　物の流れや交通のこと？

一応それらは知識として入ってはいるけれど、実践できるほどではない。

お金が大切だということも知っているが、実際には使ったことがなかった。

領内で買い物をする時には召し使いが一緒で、私が買った物に対する代金は、後で伯爵家に取りにくるようにと命じるだけだから。

物の値段、というものに注意を向けることはないのだ。

これは私が特別なのではなく、貴族の買い物というのがそういうものだからだった。領民の生活を知るためにはそれではいけないと、古株の侍女を連れて街へ出てみた。

人が働いて賃金を得て、それで生活をする。

決められた金額の中で、必要なものを買い、余りが出れば遊興などに使う。

いつか働けなくなった時のことを考えて、蓄える者もいるようだ。

決められた金額しか手にできないから、そしてそれは生活するのに潤沢というほどの額ではないから、人々は物の値段に敏感なのだと、侍女は説明してくれた。

彼等が生活し、商売し、働いている場所は伯爵家が陛下から賜った土地。

税金は、その土地の賃貸料。そして領主は、彼等を住みよくさせるために、集めた税金の中から、色々な整備をしてやる。

知識として得ていたものの実践を見て回り、これはもっとちゃんと調べてみなければだめねと思って帰って来た夜、私はお父様に呼ばれた。

お母様が床に臥せってから、夕食はいつもお父様と二人だけだから、お話があるならその時でもいいと思ったのだけれど、お父様の私室に来るように言われたことで、それが召し使い達には聞かれたくないことなのだと察した。

「エリセです、お父様」

ノックをし、部屋へ入る。

お父様は、大きな椅子に座ってらしたが、私の姿を見ると大きなため息をついた。

「そこへ座りなさい」

視線だけで、正面の長椅子を示される。

私は言われた場所へ腰を下ろし、背筋を伸ばしてお父様を見つめた。

もしかして、お兄様のことで何かがわかったのかしら？

一瞬期待と不安が胸を過《よぎ》る。

もしお兄様が見つかったのだとしても、このお父様の表情からはあまりいい知らせではないと思ったので。

けれどそうではなかった。

「アレーナ殿下から、お手紙をいただいた」

「アレーナ様から？」

言うまでもなく、アレーナ様とは王妹殿下のことだ。

もちろん、私は一度もお会いしたことのない姫だった。

「何か……、お咎めでも？」

「いいや、そうではない」

「では何を……？」

いただく謂《いわ》れのない方からのお手紙、と聞いて私は尋ねた。

お父様は手に握っていた封筒から便箋《びんせん》を取り出し、確かめるようにその上へ目を走らせると、困ったように言った。

「お前に、王城へ来るようにとおっしゃっている」

「私を？　王城に？」

「そうだ。しかも、客人ではなく、アレーナ様付きの侍女として王城へ上がるようにとおっしゃっている」

「王女様の侍女……」

驚くほどのことではなかった。

メイドならば、雑務をさせるための召し使いだから、貴族の娘が呼ばれることなどないものだが、侍女は違う。

侍女は、王家の方の側仕《そばづか》え。同じ部屋で寝食を共にしたり、お話し相手になったりすることもあるため、身分と教養が求められる。

呼ばれた者も身分によって、その扱いは違うのだろうが、それでも大抵はそれまでに多少の親交のある家の夫人や娘が選ばれる。

お父様が先の国王陛下のご友人であったことを考えれば、私が呼ばれるのはおかしいことではないだろう。

むしろ名誉と喜ぶべきことだ。

王女の側で過ごすのならば、『王女のお覚えのある者』と見なされ、そこから先の身分が保証されるようなものだから。

けれど、今、兄が泥棒かもしれないと噂されている中、私を指名するのは納得のできるものではなかった。

お父様も同じ考えだったのだろう。

「お前を望む理由は記されてはいない。私達に纏《まつ》わる噂を払拭《ふっしょく》するために、呼んでくださったのかもしれない。お前が王女の侍女ともなれば、ライオネルが罪人であるはずがないと思ってもらえるだろう。罪人の家族を王女の傍らに置くわけはない、と」

かもしれない。

けれどそれではあまりに時間が空き過ぎている気もしないではない。

噂が広まってから、随分と日にちが経《た》っているのだ。

もっとも、それは王城の奥に住まう王女のところにまで噂が広まるのが遅かった、ということも考えられるが。

「どうする？」

お父様が訊いた。

「……『どうする』？」

「王城へ行けば、アレーナ様が守ってくださるかもしれない。だがアレーナ様の目の届かぬところでは、きっと辛い目にあうだろう」

お父様の言うことは、よくわかる。

メルチェット侯爵のパーティに出た時に、それを実感していたから。

侯爵は私を歓迎してくださった。守る様子も見せてくださった。けれど、侯爵の目が届かぬところで私に向けられたのは、冷たい仕打ちだった。

それが王城でも起こるのだろう。

「もしもお前が嫌ならば、体調が優れないからと辞退することができるだろう。事情を考えれば、お前が体調を崩すのは当然のことだ」

「いいえ、参ります」

「エリセ?」

「私がアレーナ様にお仕えすれば、王家はお兄様を疑ってはいない、という証しになりますもの。せっかくアレーナ様が用意してくださった機会なら、それをお受けしたいと思います」

「辛いことになっても、か?」

「きっとアレーナ様が守ってくださいますわ」

お兄様はアレーナ様が素晴らしい女性だと言っていた。

それなら、きっと悪いことにはならないだろう。

「私、参ります」

これがいいきっかけになるかもしれない。そう思って私は繰り返した。

一縷《いちる》の望みだわ、と思って……。


申し出をお受けしますと返事を書くと、すぐにお返事が届いた。

部屋は用意してあるから、一日も早く王城へ来るように。荷物は後から届けても構わない、侍女もこちらで用意しておく、と。

そう言われてはぐずぐずしているわけにもいかず、身の回りのものを詰め、私は王城へと向かった。

侍女を連れて行きたかったのだけれど、あちらで用意してくださるのに連れて行くのは失礼だろうと、たった一人で馬車に乗った。

王城に着いたのは、お手紙をいただいてから僅《わず》か五日後。

到着の日時は先に伝えてあったので、馬車が着くと、侍従が私を迎えに出ていた。

「ミントン伯爵令嬢？」

年配の侍従は、少し不躾《ぶしつけ》な視線で私を上から下まで眺め回した。

やはり王家に直接仕える者は、気位が高いのかしら？　態度が尊大だわ。

「はい、ミントン伯爵家のエリセと申します」

「ではこちらへ。荷物は部屋の方へ運ばせておきますから」

「はい」

王城の奥に入るのは、これが初めてだった。

馬車が停《と》まった辺りは正面の門で、中に入ると大きなシャンデリアが下がる天井の高いホールが待っていた。

銀色の鎧《よろい》を纏った衛士が立ち、更に簡易なクローズメイルの兵士が控えている。

赤い絨毯《じゅうたん》はホールから四方へと延び、大階段の踊り場には美しいステンドグラス。

けれど、侍従が向かった先では途中で絨毯の色が変わった。

廊下は少し細くなり、兵士の姿もない。

それでも立派だけれど、きっとこちらは使用人通路ね。

私は侍女になりに来たのだから当然なのかもしれないけれど、少し残念だった。

お兄様が聞かせてくれた豪華な王城というものを見てみたかったのに。

けれどここで暮らすのならば、いつか見る機会もあるわね。

長い廊下を歩き続け、奥へ。

暫くすると、通路は再び豪華さを取り戻した。

大きな扉の前にはまた衛士が立ち、侍従が会釈をするとその扉を開けた。

説明はなかった。

でも中には女性が待っていて、侍従は、「私はここで失礼いたします」と言って、もと来たドアへ戻ってしまった。

「エリセ様ですね？」

今度は私より少し年上らしい女性だ。

「はい」

答えると彼女は小さく頷いた。

「ここより奥宮となります。王族の方々のお住まいになられる場所です。私はジェシアと申します」

「ジェシア様」

「あなたのお部屋へは後でご案内いたしますので、まずアレーナ様にご挨拶を」

「今からですか？」

「はい」

「でも私は今到着したばかりで旅装のままです。一度身支度を整えてからの方が……」

「そのままで結構。姫様はあなたが到着するのをお待ちです。では参りますよ」

ジェシアの態度も、あまりよいものとは言えなかった。

余所余所《よそよそ》しく、冷たい。

そこで初めて、私はここで歓迎されていないのだと悟った。

アレーナ様が望んで迎えてくださったとはいえ、その周囲の人々まで私を望んでいるわけではない。

先ほどの侍従も、このジェシアも、きっとそのことに反対したに違いない。

けれど、彼女達が私を歓迎していないのに私を迎えてくださったというのなら、きっとアレーナ様は歓迎してくださるだろう。

労《ねぎら》いの言葉や、お兄様を信じているというお言葉も、いただけるかもしれない。

そんな期待を抱いて歩き続けた。

やがて、ジェシアは白い扉の前で立ち止まると、扉をノックした。

「ジェシアでございます。ミントン伯爵令嬢をお連れしました」

彼女の声に応えて、中から声がする。

「お入り」

凛とした女性の声。

今のがアレーナ様のお声ね。

「失礼いたします」

ドアを開けると、中は明るい空間だった。

照明ではない。この光は部屋の一角にある大きなテラスの窓から差し込む陽の光だった。

ふんだんにガラスを使った大きな窓は天井の一部まで続き、温室のようになっている。

いいえ、きっと温室なのだわ。その一角には美しい鉢植えと、青い小鳥の鳥籠《とりかご》が吊《つ》るされているもの。

お部屋の一角に温室があるなんて、何て素敵。

けれど私の目を引いたのは、その緑の前に置かれた長椅子に座った、黒髪の姫君だった。

お兄様が言ったように、何て美しい姫。

気品と意思の強さを湛《たた》えた黒い髪と黒みがかった青い瞳。通った鼻筋、赤い唇。

「お前は下がっていいわ、ジェシア。呼ぶまで入って来ないように」

「はい」

ジェシアは頭を下げ、音を立てずに退室した。

私が所在なく立っていると、アレーナ様はテーブルを挟んだところにある椅子を示した。

「お座りなさい」

「はい」

私は一礼して椅子に腰を下ろした。

テーブルの上には、私のために用意してくださったのか、お茶のセットが置かれていた。

「お茶を淹《い》れて頂戴《ちょうだい》」

命じられ、ティーコジーを取り、紅茶を淹れる。

琥珀《こはく》の液体がカップに満ち、いい香りが広がった。

「どうぞ」

カップを示したのだけれど、アレーナ様は椅子の肘掛《ひじか》けに肘を置くように身体を傾かせただけだった。

「あなたは、あなたの兄、ライオネルが王城でどのような仕事をしていたかご存じ？」

「はい。陛下の書記官としてお側に」

お兄様はコルデ陛下の友人だった。

お父様は先王陛下と狩りや遠出などの時にご一緒する仲だったけれど、逆にお兄様は王城の中でご一緒していた。

けれど、王宮内で仕事をせずに陛下のお側にいられる身分ではなかったので、お兄様の身分でも務めることが特別な計らいではなく、それでいてお側にいられる仕事を、陛下が選んでくださったと言っていた。

「そう、聞いていたのね」

「はい」

「彼とは、私もよく会ったわ。兄上とよく連れだっていたから。兄上が王子だった頃には、三人でお茶を囲むこともあったのよ」

「まあ、そうなのですか」

「ライオネルから、私のことは聞いていていない？」

アレーナ様は微笑んで問いかけた。

「いいえ。とてもお美しい方だと。あんなに美しい方はお会いしたことがないとも聞かされております」

「美しい、ね」

何故か、彼女は口元を歪《ゆが》めた。

それは微笑みに見えなくもなかったが、どちらかというと皮肉めいた冷笑のように思えた。

「その後、ライオネルから連絡はあって？」

「え……？　いいえ。兄は行方不明で……」

「果たしてそれは本当かしら？」

その言葉に、私は冷たい鉄の棒で身体を貫かれたようなショックを受けた。

信じてくださっているのではないのだろうか？

お兄様を信じてくださったから、私をお手元へ呼び寄せてくれたのではないの？

「王城の兵士達が、ライオネルが通ったであろう道を捜したけれど、彼の姿を見つけることはできなかったわ。それどころか、彼は自分の乗っていた馬を売り払っていた。これは、追っ手から姿を隠すためではないかしら？」

指先が冷たくなり、身体が震えた。

「馬が……兄のものだとはまだ……。紋章は削られていたそうですし……」

「あら、知らなかったの？　馬具職人に確認させて、それがライオネルのものだとわかったのよ？」

「存じませんでした。それでも、馬を売った人物が兄であったかどうかはわかりません」

「そうね。それはそうかもしれないわ。でもだとしたら、ライオネルはどうしてその人物に馬を譲ったのかしら？」

アレーナ様は、お兄様を信じているわけではない。

言葉の端々に見え隠れする冷たい疑念がそれを教える。

「盗賊に襲われたのかも……」

私はもう、顔を上げることができなかった。

美しい王女を、どのような目で見ればいいかわからなかった。

訴える？　同情を引く？　懇願する？　恨む？

どんな感情を込めても、いけないような気がする。

「確かに、あの辺りには盗賊が出るそうね。だからこそ、彼は目を付けられぬように一人で隠密《おんみつ》に行動していたのだし。けれど、だとしたら、……遺体の一つも見つかってもいいのではないかしら？　怪我を負っているのなら、どこかに怪我人がいるという話も出るでしょうけれど、そんな噂もないようだわ」

「……私には、わかりません」

廊下を進んでいた時の『アレーナ様は歓迎してくれる』という期待は、もうどこにもなかった。

アレーナ様から受け取るのは、怒りだ。

蔑みでもない、嘆きでもない。

怒り、だ。

そしてそれは実際に言葉として私に投げかけられた。

「兄上は、ライオネルを信用していました。お母様も、私も。彼ならば宝石に目を眩《くら》ませることなく、一人でも任をやり遂げるだろうと。もしもこの任務を無事完遂することができたなら、兄上は……、それなりの褒美を用意するとも言っていました。けれど、彼はその褒美よりも宝石を選んだのではないかしら？　ミントン伯爵家を継ぐよりも、仕事も何もせず、自由になるお金で面白おかしく暮らしたいと考えたのではないかしら？」

「そんなことは……」

「ない、と言える？」

「ございません。兄は、陛下に、王家に忠誠を誓っておりました。この国のために働くことを喜びとしておりました。皆様の信頼に応えたいと申しておりました。決して皆様を裏切るような真似《まね》をするとは思えません」

その言葉を言う時だけ、顔を上げた。

これが私の偽らざる感想だと伝えるために。

改めて見つめたアレーナ様のお顔には、何の表情もなかった。

ただその瞳だけが、燃えるような怒りを湛えている。

「私は、ライオネルの裏切りを許しません」

はっきりと、彼女は言った。

声が胸を抉《えぐ》るように響く。

「アレーナ様……！」

「彼は私達の信頼を裏切ったのです」

「それは何かの間違いです」

「間違いだというのなら、その証拠を出してごらんなさい。私にとってあなたは私を、国を裏切った者の妹です。あなたは、ライオネルの罪を償わせるために呼んだのよ」

「……そんな」

「もっとも、罪だなんて感じていないのでしょうね。わざわざ王都まで出てきて、どこかの殿方と楽しそうにダンスに興じていたようだから」

アレーナ様は嘲笑《ちょうしょう》を浮かべた。

メルチェット侯爵のパーティのことを言っているのだわ。

でもそれは楽しむためではなく、お兄様が無実だと証明するためだったのに。

「兄上はどうしてだか、未だにライオネルを罪人と断定していないようだけれど、私は違うわ。あの男は罪人よ。本人がいないのではその裁きができないから、あなたを罰するのです。これから、あなたは兄の代わりに私に尽くしなさい。そして自分の兄がしたことを思い知るといいのだわ。他の人達があなたの兄をどう思っているかも」

「お兄様は……、お兄様は決してどなたも裏切っては……」

泣きそうになりながらも、涙を堪えて私は訴えた。

最後に会ったあの日、お兄様は大切な仕事を任されたと、とても嬉しそうだった。

それに応えるのだと言っていた。だから、裏切るなんて考えられない。

けれど、アレーナ様は聞く耳を持ってくれなかった。

「私は兄上とは違います。あなたとは今初めて会ったばかり。あなたを守るとか、信頼するとかはあり得ないこと。あなたが『しでかす』ことはきちんと断罪します。私の心を変えたいと思うのなら、ここで頑張ってみるのね。もっとも、あのライオネルの妹ではどうなるかはわかっているけれど」

「アレーナ様……！」

アレーナ様はテーブルの上に置いてあった銀のベルを大きく鳴らした。

すぐにドアが開き、ジェシアが入ってくる。

「お呼びでしょうか？」

「話は終わったわ。ミントン伯爵令嬢を部屋へ案内なさい。仕事の説明もするのよ」

「はい」

「ああ、その前にお茶を淹れ替えて頂戴。冷めてしまって飲めたものではないから」

「はい」

私が淹れたお茶など飲めない、という態度。

最初から、飲むつもりなどなかったのだわ。

ジェシアがお茶を淹れる間も、淹れ終わって私についてくるように促した時も、もうアレーナ様は私を見ることはなかった。

ここには誰もいない。自分が意識を向けるべき相手などいない。そんな態度で。

王城に呼ばれたのは、私のためだと思っていた。お兄様のためなのだと思っていた。

お兄様が無実であるとアレーナ様も思っていてくださるから、私を手元に呼んで、王家の者はお兄様を咎めてはいないと示してくださるのだと。

でも違うのだ。

証拠がないから陛下がお兄様を咎められない。行方が知れないから罰することができない。そのお兄様の身代わりとして私を罰したかっただけなのだ。

この王城で、これから会う人々は皆、そのような思いなのだろう。

王家の宝物を持ち逃げした男の妹。証拠さえあればすぐにでも牢獄《ろうごく》へ送るのに。本人を見つけることができれば罪を断じることができるのに。

逃げ果《おお》せているのなら、家族に償わせてやろう。

そして、皆がそのような態度に出ても、助けてくれる人などどこにもいないのだ。

ここは……、私にとって苦しみしか与えない場所になるのだろうという予感がした。

王城に知り合いのいない私には、味方などいない。

いいえ、もし知り合いがいたとしても、この状態では誰も庇《かば》ってなどくれない。自分も同じように見られることを恐れて。

どんなに辛くても逃げ出すことのできない牢獄。

それがこれから私が過ごす『王城』という場所だった……。

案内された部屋には、もう荷物が運ばれていたが解かれてはいなかった。

ジェシアが荷物を解いてくれるのか、荷物を解いてくれる侍女が来るのかと尋ねようとしたのだが、それより先に彼女はこれからのことを説明した。

まず彼女はメイドであり、男爵家の者であること。私よりも実家の身分は下だが、勤めは長く、決して私の下に入るわけではないこと。

「アレーナ様は身分にこだわる方ではありません。仕事が優秀であれば取り立ててくださいます。ですから、何もできないあなたより、私の方がアレーナ様のお側に近いのです」

彼女の態度も、よいものではなかった。

「エリセ様のことは既に王城の内部でも有名です。私も、あなたのお兄様が何をなさったのかは知っています。本当に、どうしてアレーナ様があなたをお呼びになったのか……。お気持ちはわかりませんが、呼ばれたからには心して働いてください」

それは、お兄様が罪人であることを知っている、と思っているからだ。

なのに彼女はどうしてアレーナ様が私をお呼びになったのかは知らない。

私を貶《おとし》めたいというお気持ちは、誰にもおっしゃっていないのだろう。

「ここでのあなたの仕事は、衣装部屋と宝石の管理です。衣装のお手入れなどはもちろん専門のメイドやお針子がいますから、あなたはそれを確認するだけです。宝飾品の管理は手入れが繊細なので、扱いを知らない者には任せられません。恐らくあなたに任せるのは、あなたがそれなりに宝飾品の扱いを心得ている身分の者だからでしょう」

と言いながらも、ジェシアの目は『アレーナ様のお考えはわからないわ。どうして盗っ人の妹などに』と語っていた。

「明日、迎えが参りますから、それまでは自由にしていてください。次にここでの生活ですが、あなたの部屋はここだけです」

言われて、私は改めて部屋を眺めた。

落ち着いた色合いの家具が揃《そろ》えられた部屋は、決して粗末なものではない。

大きなベッドと壁際の小机。今こうしてジェシアと向かい合っているティーテーブル。化粧台とクローゼットは揃いのもので、クローゼットの隣にはチェストが置かれている。

「エリセ様付きの侍女、というのはおりません。お荷物はなるべくご自分でお片付けになってください」

「侍女がいないのですか？　でもお手紙には……」

「侍女はおりますが、『あなただけの』ではありません。ここには他にあとお二人の、姫様付きの侍女として滞在なさっているお嬢様がいらっしゃいます。お二人にはそれぞれご自分の侍女もいらっしゃるので、続き間を与えられていますが、あなたはお一人でいらっしゃるということでしたので、こちらの部屋になったのです」

……そういうことだったの。

侍女がいる、というのは嘘ではないけれど、それは私が自分の侍女を連れて来ないための方便だったのだわ。

どうしてそんなことをしたのか。

それは私にここで貴族のお嬢様としての生活をさせはしないということなのだわ。

お話し相手としての『侍女』ではなく、本当に仕事をさせるためだけの『侍女』として働けというのだ。

「侍女はアンナと申します。彼女は今言ったように、皆様のお世話をいたします。お食事の時に呼びに来るでしょうから、その時にでも挨拶してください」

「アンナには、何を頼んでもいいのかしら？」

遠慮がちに尋ねると、ジェシアは不快そうに眉《まゆ》をひそめた。

「お部屋にお茶を届けること、お食事を届けること。湯浴みの支度をすること。大きな荷物を動かしたりする時には呼んでもかまいませんが、あまりそういうものは持ち込まないように。ドアの横にある紐《ひも》を引けば、来てくれます」

「わかりました」

「細々《こまごま》としたことは紙に書いて、後でアンナに渡しておきます。お仕事の方は、やってみればわかります。私はアレーナ様付きなので、アレーナ様から言われない限り、もうあなたと会う機会はないかもしれませんわね」

笑顔の一つもなく、彼女は立ち上がった。

「では失礼」

言葉では別れを告げたけれど、会釈もなく部屋を出て行ってしまう。

残された私は、途方に暮《く》れるしかなかった。

家であれば、侍女が荷解《にほど》きをしてくれる。着替えも手伝ってくれる。

長旅の疲れを取るために、足湯やお茶を運んできてもくれるだろう。

けれど、アンナという侍女にそれを頼むのも憚《はばか》られる。

「仕方ないわ。全部自分でしなくちゃ。ここで私が真面目に働けば、きっとアレーナ様もわかってくださるはずよ」

自分を鼓舞しながら、私は立ち上がった。

前途多難だけれど、他に道はないのだもの。

荷物を解いて、旅装を着替えるだけでも長い馬車の旅の疲れは私の身体を重くした。

これから先のことを考えると心も重くなる。

暫くするとノックの音がして、ワゴンを押した侍女が入ってきた。

黒髪の可愛らしい女性。

きっと彼女がアンナね。

「失礼いたします。お食事を運んでまいりました」

「あの……」

あなたがアンナね、と言おうとした。

彼女とは親しくなれるかしら？　と期待もした。

そんな僅かな期待はすぐに消えた。

「お食事が終わったらベルで呼んでください」

自己紹介をさせる暇も与えず、料理の載ったトレイをテーブルの上に置くと彼女はすぐに出て行ってしまったから。

ドアを閉じる音すら荒々しい。

ふと見ると、これからのことを書いた紙が、料理と一緒に置かれていた。

「……お父様達に手紙を書かなくちゃ。皆様よくしてくださっているって」

偽りの言葉を口にすると、涙が浮かんだ。

けれど、これはまだ『辛い』と言えるほどのものではない。

本当に辛いのは、その翌日からだった。


朝、起こしてくれる人はいない。

朝食を運んできたアンナは、料理を置き、カーテンを開けてくれるとすぐに出て行ってしまう。

一人の朝食を終え、自分で身支度を整え、食事が終わったことを知らせるためのベルを鳴らすとまたアンナがやってくる。

「お嬢様を奥に案内するように言付かっておりますので、どうぞ」

「アンナ……、よね？　私は……」

昨日失敗した自己紹介をしようとしたのだけれど、彼女は興味がないというように背を向けてしまった。

どうやら、彼女も私を罪人の妹と見ているようだ。

仕方なく彼女について行くと、アレーナ様とお会いしたのとは違う廊下を進んだ。

「どこへ行くの？」

と尋ねたけれど、返事はない。暫く行くと、衛士の立つ扉にたどり着いた。

昨日通ってきたのとは反対方向に歩いてきたのだから、出口ではないだろう。奥宮の更に奥、ということか。

アンナは軽く衛士に会釈をすると、「こちらでお待ちください」と言って自分は立ち去ってしまった。

扉の両側に立つ衛士も何も言わないが、視線だけは私に向けられている。

　どうにも気まずいと思っていると、扉が開いて、中から髪に白いものの交じったご婦人が出てきた。

「エリセ殿？」

「あ、はい」

　慌てて頷くと、彼女は私に背を向けて「ついていらっしゃい」と言った。

　ここでは誰も私と目を合わせないのね。

「私はアンゼリカ・クレイです。クレイ夫人とお呼びなさい」

「はい、クレイ夫人」

「あなたには私の仕事を手伝っていただきます」

「はい」

　進む廊下は細く、人影もない。時折現れる扉は、重苦しい、装飾のない扉ばかり。

　明らかに、先ほど越えてきた扉の内と外では雰囲気が違う。

「こちらです」

　その重厚な扉の一つの前で、夫人は足を止めた。

　そして私を振り向き、顔を見ると深いため息をついた。

「本当に、どうしてあなたにこのような仕事を任せるのか、私には姫様のお気持ちがわかりませんわ」

と言ってから、扉を開けた。

中は、奥へ向かって細長く続く奇妙な部屋だった。

部屋の中央は広い通路のようになっているが、両側には棚が並んでいる。

丁度《ちょうど》部屋の真ん中辺りに簡素な椅子とテーブルが置かれているが、それ以外にこれといった家具はない。

突き当たりにもう一つ扉があり、ここ全体が通路のようにも思える。

「ここは、姫様の装飾品を保管している部屋です」

夫人は棚に置かれている箱を一つ手に取ると、その蓋《ふた》を開けた。

薄い正方形の箱の中から現れたのは、繊細な飾りのネックレスだった。

「綺麗……」

赤く輝く宝石に、思わず声が漏れる。

けれど彼女はそれを聞かないふりをした。

「重要な式典などに使うものは、また別の部屋にしまわれていますが、ここはアレーナ様が普段お使いになるものが置かれています」

こんなに美しいのに、これが普段使いなの？

「ネックレスだけではありません。指輪やイヤリング、髪飾り。それぞれの季節や出席なさる場所などに応じて、この中からその日お使いになるものを選ばれます」

「あの……、それで私はここで何を？」

「姫様はあなたに、ここにある宝石を磨くことを命じられました」

「宝石を磨く……？」

「そうです」

彼女はネックレスの入った箱を持ったまま中央のテーブルへ向かった。

私も慌てて彼女の後を追った。

テーブルの上には大きな箱が置かれていて、彼女がその蓋を開けると、今度現れたのは柔らかそうな布だった。

さほど大きくはないであろうそれが、きちんと折り畳まれ、びっしりと入っている。

「あなたはここで、この布を使って宝石類を磨くのです」

「宝石を磨く……」

「わかっているとは思いますが、普段使いとは言っても、ここにある品々はどれも高価で貴重なものばかりです」

「はい」

「あなたのお兄様がお持ちになったものに比べれば、まだ小さなものばかりですけれどね」

当てつけがましい言葉。

でも『盗んだ』と言わなかったから、反論はできない。

「アレーナ様を飾るためには、このどれもが常に美しい状態でなければなりません。ですから、いつ使われることになってもいいように、毎日これを磨くのです」

「はい」

「このように……」

と言いながら、彼女は布を取り出し、ネックレスを磨き出した。

「細工の一つ一つに気をつけて、力を入れず、撫《な》でるように優しく磨くのです。やってごらんなさい」

私は椅子に座り、ネックレスを受け取ると、彼女がやっていたようにそっとそのネックレスを磨き始めた。宝石を留めている金具に布が引っ掛からないように気をつけて、ゆっくり手を動かす。

夫人も向かいの席に座り、私の手元をじっと見つめた。

「そうです。そう、ゆっくりと……」

指示されるまま、磨き続ける。

けれどもともときちんと手入れされていたであろう物に変化があるようには思えなかった。

「朝から夕方まで、あなたはここでこの仕事をしなさい。丁寧に、心を込めて」

「私……、一人でですか？」

問いかけると、夫人はまたため息をついた。

「私も、あなた一人ではない方がよいと思うのだけれど、姫様はあなた一人にさせるようにとのことでした。余程あなたを信頼しているのでしょうね」

そう言われて、私はハッと気づいた。

メイドがするような仕事。それでも、信頼がなければ任せられない仕事。

これを私にさせるのは、アレーナ様が私を信頼しているからではない。

あの方は、私を試しているのだ。

私の目の前に宝石を並べ、監視する者のいない中で、私が何をするかを。

お兄様が王家の宝石を委ねられ、そのまま姿を消したように。妹である私が同じ状況になった時、同じことをするのでしょうと言いたいのだ。

全てがわかった。

燃えるような瞳を向けていたアレーナ様のお顔が浮かぶ。彼女は怒っていた。

信頼を裏切ったお兄様を。

その罰を与えたいと欲していた。

けれどお兄様はいない。罰を与えるべき対象は見つからない。そんな時に罪人の妹である私がパーティに出て楽しく過ごしていると誤解し、怒りが増したのだ。

そしてお兄様の代わりに私を罰しようと決めた。

でも私には罪がない。だから、私に罪を犯させようとしている。

お兄様のように、私が宝石に目が眩み、盗みを働くだろうと思っていて、その日を待つつもりなのだ。

胸が痛んだ。

それほどまでにお兄様を、私を信用していないのかと。

同時に、私が罪を犯すまでは、私に罰を与えるつもりではないことが、お兄様が褒《ほ》め称《たた》えた王女らしいとも思った。

「エリセ殿？　どうかしましたか？」

「……いいえ。お務め、よくわかりました。これから私はここで姫様のために心を込めてお仕事をさせていただきます」

これはチャンスだと思おう。あのパーティの時と同じ。

いいえ、あの時以上に、お兄様の無実を知らしめるチャンスだわ。

私がここで罪を犯すことなく働き続ければ、きっとアレーナ様もわかってくださるはず。

私が罪を犯さなかったように、お兄様も罪を犯してなどいないのだと。

「昼食の時には部屋に戻ってよろしいわ。お仕事は夕刻まで。あなたを呼びに来る者はいませんから、あそこの時計で時間を知りなさい」

夫人は壁ぎわに置かれた大きな時計を示した。

「言うまでもないとは思いますが、ここにある物は全て、ちゃんと管理されています。一つでもなくなれば、気づきますからね」

「はい」

「では、今日から頼みます。十二時には退室して結構よ。お休みは二時間、その後にはまたここで仕事をするように」

「はい」

夫人は、まだ私を一人にすることにためらいがあるのか、部屋から出て行く前に、扉の前で立ち止まり、じっとこちらを見ていた。

椅子に座って作業を始めた私の手が、持っている宝石をドレスの中に隠すのではないかと、疑うような目をして。

やがて、ドアが閉まる音がして、その姿が消えても、あの目がまだ私を見つめているような気がした。

いいえ、きっとあの視線は向けられているのだ。

怒りに満ちたアレーナ様の。

蔑むような冷たいジェシアの。

疑うようなクレイ夫人の。

いつか私が悪いことをするのではないかという疑いの眼差《まなざ》しが、ずっと、ずっと、私を見ているのだろう。


こうして、私の王城での生活は始まった。

単調で孤独な日々。

朝起きて、身支度を整え、朝食を摂《と》る。

アンナは相変わらず言葉を交わしてくれず、すぐに部屋を出て行ってしまう。

時間が来ると、私は決められた道を通り、奥の部屋へ。

扉の前に立つ衛士にジロジロと見られながら宝飾室へ入り、端から一つずつ丁寧に宝飾品を磨く。

言葉を交わす人などいない。

視線を交わす人もいない。

時計の音だけが響く部屋で、ひたすら宝石を磨き、お昼には自室へ戻ってまた一人で食事をする。

それからまた宝飾室へ戻り夕方まで同じ作業をし、夕食時に自室へ戻り食事をする。

その後は何もすることがなく、部屋に籠もったまま。

アレーナ様は、最初の日以来私と会ってはくださらなかった。

アレーナ様だけではない。私と会おうという人など誰もいない。

時に廊下で人とすれ違うことがあっても、メイドや侍女は頭を下げながらも視線を逸《そ》らし、貴族の子女らしい方々はあからさまに避けて通った。

アレーナ様付きの侍女はあと二人いると言われていたが、紹介されることもなければ、姿を見かけることもない。

もしかしたら、すれ違った方の中にいらしたのかもしれないが、私にはわからなかった。

装飾品を取りにくる人と会うことも期待したけれど、どうやらそれは夜のうちに行われるらしく、やはり誰も部屋に入ってくることはなかった。

そうして数日が過ぎ、そんな日々にようやく慣れてきた頃、私に言葉をかけてくれる人が現れた。

いつものように奥の宝飾室へ入り、テーブルに座って宝石を磨いていると、ふっと空《むな》しさに襲われた。

私は、これをいつまで続けていればいいのだろう?

ここに並ぶ宝石を全て磨き終えたら、また最初から磨き直すらしい。

終わりのない作業。

お兄様が戻ってくるまでだとは思うけれど、お兄様は本当に戻ってくるのかしら？

もし戻って来なかったら？

行方不明になってから、もう何日も過ぎている。お兄様が盗みを働いたとは思わないけれど、無事であるとも考えられなくなってしまった。

もしも……。

もしもお兄様が最悪の結末を迎えていたら……。

そう思うと、思わず手が止まり、涙が溢《あふ》れてきた。

「泣いているのか」

すると、誰もいないはずの部屋に突然男の声が響いた。

「誰！」

私は慌てて涙を拭《ぬぐ》い、手にしていた指輪をぎゅっと握り、声のする方を見た。

声は突き当たりにあったもう一つのドアからしたのだが、その扉の前に、一人の男性が立っていた。

黒髪の、白いシャツを着た男性。

きりりとした眉に通った鼻筋、顎の細い整った顔の中、青い瞳だけが鋭く輝いている。

「泣かせたのはアレーナか」

男は、つかつかと私に近づいてきた。

「近寄らないで。あなたは誰？　ここへは誰の許可を得て入ったのです」

「許可？　許可などいらん。私はここに自由に立ち入る権利がある」

「自由に立ち入る権利？　それがあるのはアレーナ様だけですわ。あなたがどんな役職にあろうとも、殿方が姫様の宝飾室へ立ち入るなどと……」

言ってる間にも、彼は近づき、私の前に立った。

怖い。

誰もいない密室で男性と二人きりになるなんて。

けれどここで怯《ひる》んで逃げてしまったら、この男はアレーナ様の宝飾を盗むかもしれない。

それだけは絶対にさせない。

「震えてるな。それは泣いているからではなく、私が怖いからか？」

「こ……、怖くなどありません」

「そうか？　では怖がらなくてよい、と言ってやろう。私はアレーナよりもこの部屋に立ち入る権利を持つ者だからな」

「姫様を呼び捨てにするなんて……！」

「まだわからないのか？」

彼の手が伸びて、私の顎に触れた。

身体が硬直し、逃げることもできない。

いいえ、逃げるなんて考えてはだめ。

私は必死に男を睨《にら》みつけた。

「あの時も思ったが、お前は気の強い娘だな」

「……あの時？　私はあなたに会ったことなど……」

彼は笑った。

「それがわからぬのは無理のないことだ。あの時私は仮面を付けていたから」

仮面……。

私の人生の中で、仮面を付けた殿方と知り合ったことなど、たった一度しかない。

それはメルチェット侯爵の誕生パーティで周囲の視線をものともせず私をダンスに誘ってくれた、あの方だけだ。

黒髪の、背の高い、青い瞳の……。

「カイ……、様？」

「それは偽りの名だと言っただろう？」

まさか、本当にこの人があの時の？

「顔に……傷がないわ」

「それも嘘だ。この顔を晒してパーティに出席すると騒ぎになるから仮面を付ける必要があったので、そう言っただけだ」

それは薄々察していたけれど、それならどうしてあの方がここにいるの？

「私を賊と勘違いしないように。今日はちゃんと名乗ってやるから」

彼は笑って私から手を離した。

「私の名はコルデ。この部屋に、いや、この城にあるもの全ての所有者でありアレーナの兄、この国の王だ」

……王？

アレーナ様のお兄様？

国王陛下？

そういえば、黒髪も、凛とした強い眼差しも、アレーナ様によく似ていらっしゃる。

でもそれでは国王陛下がお忍びであのパーティに来て、私とダンスをしたということになる。あれは、お父様がお願いしたお父様のお知り合いの方ではなかったの？

彼の名乗りを聞き、呆然《ぼうぜん》としていると、彼は先に椅子に座り、私にも「座れ」と命じた。

私は言葉の魔力に操られるように、今まで座っていた椅子に腰を下ろした。

「本当に……、本当に陛下なのですか？　でもそれならどうしてあの時私の前に……。いいえ、今もどうしてここに？」

　陛下は優しく微笑んでから説明してくれた。

「続けざまの質問だな。一つずつ答えよう。私が王でなければ、この部屋へ入ってくることはできない。第一、このような軽装で城内をうろつくことも許されまい。お前はアレーナに会ったのだろう？　私はアレーナに似ていないか？」

「……似てらっしゃいます」

　彼はそうだろうというように頷いた。

「先日は、お前の父に頼まれたのだ。娘が自分の名代としてメルチェットのパーティに出席するから、どうか誰でもいいので娘と一曲踊ってくれる者を送ってくれないかと。ミントン伯爵は父の友人、お前は我が友人ライオネルの妹。断る理由などなかった」

「でも……、でも、父は『誰でもいいから』と申したのでしょう？」

「ああ。伯爵としては、私の命を受けた者が送り込まれると思っていただろうな。だが私は直接お前に会いたかったのだ、エリセ」

「私に……？」

「ライオネルの自慢の妹には、常々会いたいと思っていた。それに、このような事態になっているというのに公式の席に出てこようとするのは何故か、会って確かめてみたかったのだ」

「何を……でしょうか?」

ここで彼は浮かべていた笑顔を消した。

「ライオネルから、連絡はあったか?」

その問いかけに、私は絶望を感じた。

この方は信じてくださっているのでは、と思っていたのに、またも疑うような質問だったから。

けれど私の表情からそれを察したのか、彼はすぐに続けた。

「誰かに捕まっていて助けて欲しいとか、怪我をして動けぬとか」

「いいえ。何もございません。あの……、陛下は兄のことをどう思ってらっしゃるのでしょうか?　兄が盗みを働いたと思ってらっしゃるのでしょうか?」

疑いからの質問ではないとわかって、今度は私の方から尋ねた。

「私は、ライオネルがそのような愚かなことをしたとは思えない。だが彼がいなくなったのは事実だから、何故なのかを知りたいと思っている」

力強いその答えに、思わず安堵《あんど》の涙が一筋零れた。

よかった……。

誰が何を言おうと、陛下だけは信じてくださっていた。

「泣くな」

陛下は困った声で言い、箱から新しく宝石を磨くための布を一枚取って、私に渡した。

「使えませんわ」

「綺麗なものだろう？」

「でも、これは王城の備品ですから」

「たかが布一枚だ。誰が見ているわけでもない」

「今の私の立場をお考えくださいませ。誰も見ていなくても、たとえ布一枚でも、勝手に使ってはいけないのです」

陛下は静かに頷いた。

「そうか。ではこれをやろう」

そしてズボンのポケットからハンカチを取り出し、私の手に押し付けた。

「レースばかりの飾り物だが、手で拭うよりはいいだろう。これは私がお前にやるものだ、勝手に使うものではない」

「ありがとうございます。失礼とは存じますが、これもお断りさせてくださいませ」

「何故だ？　やると言っているのに？」

「もしもこれを持っているところを誰かに見られたら、やはり盗みを疑われてしまいますわ。陛下からいただいたと言っても、信じてくれる方はいらっしゃらないでしょう」

「……お前はそう想像するような扱いを受けているのだな？」

それには答えなかった。

肯定すれば、誰かを悪《あ》し様《ざま》に言っているような気がして。

私は、他人を非難してはいけない。自分の立場もそうだけれど、自身が確証のない悪意で苦しんだのだから、それを他人に味わわせたくなかった。

「ではここで使うだけならば問題はないだろう。使った後は私が持ち帰る。涙を流した女性を前に話を続けることはできぬから」

そうまで言われては、拒むことはできない。

私はレースのハンカチで涙に濡《ぬ》れた頰を拭った。

「エリセ。お前は兄をどう思っている？　盗みを働いたと思ってはいないのだろう？」

「もちろんです。あり得ませんわ」

「何故？　ただ兄を愛して、信じているから、ではない理由があるか？」

「はい。幾つか」

「幾つか？」

「兄には、想いを寄せる女性がおりました。その方への贈り物を選んでいたくらいです。宝石を運ぶお仕事はもうとうに決まっていたことだと思います。だとすれば、盗みをし、姿を隠す計画も以前から立てていたでしょう。姿を隠すのに、贈り物を選ぶなどするでしょうか？　お相手の方は、どうやら兄よりも身分の上のお家の方のように思えました。

盗んだ宝石を売って道行き、などということはしないでしょう」

「ふむ……。何故それを官吏に言わなかった？」

「尋ねられることはありませんでしたし、その女性を巻き込むことはできませんでしたので」

「なるほど。それで他には？」

「私は、兄が預かった宝石がどのようなものか、詳しくは存じません。けれど、王女のティアラを飾るに相応しく、他に類を見ないものだと伺っております」

「ピンクダイヤだ。大きさもかなりのものだな」

「では、やはり盗みはしないと思います」

「どうして？」

「そのような特徴があり、他に類を見ないほどのものを、兄が売りさばくことができるでしょうか？　盗品を売りさばくことに長《た》けている盗賊ならば、外国へ売るなども考えられますが、兄は扱う商人すら知らないでしょう。また家族や愛する人を捨ててまで、その石を持ち続けることも考えられませんもの」

「売りさばきのルートか……、確かにそうだな。ライオネルがそのような輩《やから》と親しくしていたという話は今まで聞いたことがない」

「兄は、陛下から信頼されていることを、とても喜んでおりました。その陛下を裏切ることはありません」

陛下は何かを考えるように、じっと黙ってしまった。

私の考えは愚かだろうか？　このような推量は役に立たないだろうか？

でも今、『確かに』というお言葉を呟いていたし。

沈黙に耐えられず、私はずっと握っていた手を開き、賊と思って慌てて隠した指輪を磨き始めた。握っていたせいで手の脂がついてしまったから。

すると、陛下は突然私の手を取った。

「痕《あと》がついてしまったな」

大きな手に触れられて、胸がドキドキする。

ダンスの時、この方の瞳を見て胸が躍ったのを思い出した。

でも、心をときめかせてはいけない。

だって、この方は国王陛下なのだもの。

「あの……、大丈夫ですから、お手を……」

「手を？」

「お離しください。殿方に手を握られることに慣れておりませんので」

「これは失礼」

手はすぐに離されたが、陛下の顔には笑みが戻られていた。

「エリセ。私はお前にとても興味が湧いた。容姿が美しいのはライオネルに聞かされていたが、お前はそれだけではない。聡明《そうめい》で物事をよく見聞きし、覚えて、考える力を持っている。また、家族に対する愛情と信頼も強く、仕事も真面目だ」

「そんなこと、私達は今出会ったばかりですのに」

「今ではないだろう？　これで二度目だ。それでもわかるものはわかる。我々は宝石が高価で人の心を惑わせるということばかり考えていたから、売りさばくのに困難なものであることを失念していた。だがお前はそれに気づいた。気落ちした両親の代わりに公式の席に出たり、兄への疑いを負っている身だからと、布切れ一枚にも気を遣う。そうして、アレーナの指輪を守るために痕がつくのを厭《いと》わなかった。それほどしっかりした娘だというのに、私に手を握られただけで頬を染めるほど純真であることも気に入ったな」

「……陛下」

　褒められて、顔が熱くなる。

「幸い、ここには誰も踏み込んではこないようだ。私は明日またお前と話をするためにここを訪れよう」

「明日もですか？」

「ライオネルについて、もっとお前の考えを聞きたいし、今言ったように、お前自身にも興味が湧いたからな。明日、私を見かけても、もう指輪を握り込んだりしないように」

陛下は私が涙を拭《ふ》いたハンカチを取ると、それを見て口元を綻ばせた。

「これは、私達の出会いの記念にしよう」

「陛下、汚《きたの》うございます」

「兄を思う妹の涙のどこが汚いものか。お前のこの涙を見て、私も更にライオネルの無実を確信した。この国で罪人を断じるのは私だ。その私が、ライオネルは無実だと言っているのだから安心しろ」

「……陛下」

それは何という心強い言葉だろう。

お兄様は、一番信じていただきたい方に信じていただけたのだ。

「では仕事を続けるがよい。明日また会おう」

いたずらっぽく片方の目を閉じ、陛下は入ってきたドアから出て行った。

彼がいなくなってしまうと、また一人の静寂が訪れる。

でも、今のことは夢ではないのだわ。

手の中にはまだ指輪を握った痛みも残っている。

陛下が、ここにいらした。お兄様を信じてくださった。

でも何よりも私の心の中に驚きをもたらしたのは、あのパーティの日に踊った方が陛下であったこと。

それを喜びと感じている自分の気持ちだった……。


翌日、私は朝からドレス選びに時間を費やした。

今までも手を抜いていたわけではないけれど、誰とも会わずに過ごすための服と、陛下と謁見するために着るものとでは選ぶ基準が違う。

あまり華美にならないように。

それでいて失礼なく、私を褒めてくれたお兄様に恥をかかさぬ程度のドレスを選ぶのは大変だった。

派手な色のドレスは持って来ていなかったが、流石《さすが》に陛下にお会いするのなら明るい色のドレスを着たい。

昨日は不覚にも涙を見せてしまったけれど、今日は笑顔を見せたい。

陛下ではなく、パーティで出会った彼に、本当は心惹かれていた。お兄様を信じてくださる様子も、私の手を取って踊ってくださった素敵なステップにも。

彼がお父様の依頼で現れたのだと知って、がっかりしたものだ。

でも……、昨日のお言葉だとそうでもないのかも。『誰かを』と頼まれたのに、ご本人が足を運んでくださったということは、お父様が頼んだからではなく陛下のご意思なのかしら？

恐れ多い考えだけれど、そう思うとまた少し胸が弾んだ。

仮面を取った陛下の美しいお顔が、私の目の前にあったあの一時《ひととき》。

若き国王は国中の女性の憧《あこが》れだもの、少しぐらい浮かれるのは仕方ないわね。

アンナが運んできてくれた食事を終え、いつものように宝飾室へ向かう。

陛下がいらっしゃるのがいつなのかはわからないから、仕事を始める。

一人で過ごす時間も長かったけれど、待つという時間もとても長かった。

宝石を磨く、というのは自分の家でもしたことのない仕事。

けれどやってみると、楽しい仕事でもあった。

留め具に絡んだ小さな糸屑《いとくず》などを細かい道具を使って取り除き、人の脂などで曇った輝きを布で丁寧に磨き上げる。

銀を使った細工は黒変しやすいので、色が変わってしまったところを力を入れて磨く。

この時だけは少し力仕事だったたし、黒い色が指先に付いてしまうのがちょっと嫌だった。

私が使っていた宝飾品も、これほど豪華ではないけれどメイド達がこうして手入れをしてくれるからいつも綺麗に使えるのだというのを知ったのも、この仕事を受けてよかったところだと思う。

やらなければならないことなのだもの、いいところを探しながらやった方がいいに決まっているわ。

これは楽しい仕事、と思うようにすればきっと時間も短く感じるに違いない。

そう思って懸命に励んだ。

仕事に熱中していると、ふいにノックの音が静寂を破る。

陛下だわ。

私は胸をドキドキさせながら、自分の衣服に乱れがないかと確かめて、「お入りください」と返した。

ドアが開き、コルデ陛下が姿を見せる。今日は濃いブルーの礼服を着てらした。

とてもお似合いだわ。

「おはよう」

「おはようございます」

お言葉を直接かけていただけるだけで、また胸の鼓動が速くなる。

陛下は、テーブルを挟んで私の向かい側に座られた。

そのまま、何も言わずにじっと私のことを見ているから、お話をするのに手を動かしているのが不敬と思われたのかと思って手を止めた。

「あの……」

「ん？　何だ？」

「失礼とは存じますが、私は仕事を怠けるわけには参りませんので、手を動かしながらのお話をお許しいただけますでしょうか？」

「ああ、もちろんだ」

と言ったのに、陛下はまだじっと私を見つめていた。

そんなに見つめられていては困ってしまうわ。

「……何か、不備な点などございますでしょうか？」

「いいや？」

「では何故そのように見つめてらっしゃるのですか？」

「お前が、ライオネルの言うとおりの美しい娘だと思ったからだ」

「私が……？」

陛下はこくりと頷いた。

「あれはいつも言っていた。王城で美しい女性を何人も見たが、自分の妹が格別に美しいことを確認しただけだったと」

「まあ、お兄様がそんな失礼なことを？」

「事実ならば仕方がない。はちみつ色の柔らかそうな髪、アラバスターのごとき白い肌、薔薇の花弁のひとひらのような唇。緑の瞳は深く、森のような、或いは深い湖のようだと」

　褒め過ぎだわ、お兄様ったら……。

「そのような美辞麗句を並べられては、実際を見てがっかりなさったでしょう」

「いいや。初めて聞いた時には随分なロマンチストだと思ったものだが、彼が的確な表現を用いていたのだと、今は感心している。この分では性格の方も正しく伝えていたのだろう」

「どのようなことを申したのでしょうか？」

「人に対する気遣いがあり、明るく、優しく、誠実だと。だが時々とても頑固で、正しいと思えば兄である自分に逆らうこともあると」

　とても気の強い女のように言われて、私は顔を赤らめた。

「それは、兄が時々考え違いをするからですわ。身内である妹の私が意見しなくては、誰も注意してくれないでしょう？　誤りをそのままにして外で恥をかかれるよりは、私が告げた方がよいと思ったからです」

「確かにな」

「それに、兄がいかように私を褒め称えたとしてもそれが二番目であることを私は知っておりますもの」

「一番は？」

「兄の想う方です。それは美しい方だと申しておりました」

そう言うと、何故か陛下のお顔が曇られた。

私、失礼なことを言ったのかしら？

「昨日、ここを出てから今のお前のことを調べた」

「私の？」

「何をされ、どのように過ごしているか。アレーナはお前に辛く当たっているようだな」

言われても、私には答えることができなかった。

認めれば、アレーナ様を悪く言ってしまうことになるのではないかと。

「侍女すら付けさせず、このような仕事を毎日一人でさせている上に、食事も部屋で一人で摂らせ、他の者に会わせることもしないとか」

「侍女は……、一人おりますわ」

「共用のだろう。あれでは侍女ではなくメイドだ」

「それに、私は色々言われてしまいますし、他の方とお会いしない方がいいと判断なさったのかも」

「ライオネルの言ったとおり、お前は人の悪口を言わないのだな。私から見ても、アレーナのしていることが、よいことだとは思えない。だが……、アレーナの態度を許して欲しい」

陛下が頭を下げるようにしたので、慌ててしまった。

「そんな、許すだなんて」

「あれは、ライオネルを好きだったのだ」

「え……？」

その言葉に、驚きを隠すことができなかった。

あの美しい方がお兄様を？

その時、ハッと思い当たった。お兄様がご自分の想い人について話されたことを。

『今まで出会ったどんな女性よりも美しいと思った。容姿だけでなく、内面も』

身分の高い、薔薇とユリを好む美しい女性。

お好きな色は赤だとおっしゃっていたわ。

その姿が、一人の女性にぴったりと当てはまってしまう。

「兄は……、兄はアレーナ様をどう想っていたのでしょう？」

勢い込んで尋ねると、陛下は気づいたかという顔をなさった。

「愛していた」

ああ……、やはり。

お兄様は王女様を愛してしまっていたのだわ。

「でも伯爵では、とても王女様のお相手とは……」

「そのとおりだ。だが私は二人のことを認めていた。もちろん、公にではないが、アレーナのようなジャジャ馬には、ライオネルのような物静かな男が似合うだろうと思っていた。アレーナにそれとなく確かめたら、彼女もライオネルを想っていた。だから、あの仕事を授けたのだ」

「あの仕事？」

陛下は静かに頷いた。

「伯爵では王妹を嫁がせることはできない。身分が違う。せめて侯爵位でなければ、色々と問題が出るだろう。だから、ライオネルにたった一人でやり遂げる大きな仕事を命じた。彼ならば、上手くやれるだろうと思ってのことだ。そしてもしやり遂げたならば、その功績をもってライオネルに侯爵位を叙爵させるつもりだった」

お兄様を侯爵に……。

つまり、お兄様のお仕事はそれだけ重要なものだったのだ。

王家の宝石の、王女のティアラにかかわるということは、その褒賞に値するほどのものだったのだ。

それなのに、しくじってしまった。

「侯爵ならば、彼も堂々とアレーナに申し込むことができる。そうなるまでは我慢しろと伝えていた。アレーナにも、伯爵であるライオネルと親しくし過ぎると彼に悪い噂が立つかもしれないから我慢しろと命じていた。私が……、もっと寛容になればよかった。爵位や周囲の思惑などを気にせず、二人のことを認めていれば……」

陛下は後悔を口にし、視線を落とした。

お兄様は陛下の友人。今のお話を伺えば、それもどれほどの信頼をおいてくださっていた親友であったのかがよくわかる。

「陛下がお認めになっても、きっと兄は拒んだと思います」

だから言った。

「兄は、愛する方に恥ずかしくないように頑張りたいと思っておりました。アレーナ様を愛すればこそ、たかが伯爵家に嫁いだと言われぬよう、陛下のご寵愛《ちょうあい》に縋《すが》ってアレーナ様をいただいたなどと言われぬよう、自分に自信ができるまで、同じ態度を貫いたと思います」

「エリセ……」

「でも今のお話でよくわかりました。アレーナ様も兄を愛してくださっていたのだと。アレーナ様が私を呼び出したのは、行方知れずになっている兄を心配もせずにパーティを楽しんでいると思ってのことだったのですわ。もしも兄が憎くて、その妹である私も憎いと思っていらっしゃるだけでしたら、きっともっと早く呼び寄せていたはずですもの」

「それはどういうことだ？」

「ですから、私がパーティを楽しんで……」

言ってから、私はハッと口を押さえた。

「いえ、その……」

「つまり、アレーナは私がお前をダンスに誘ったから、それを恨んだというのか？」

「そのようなことは……！　あの……」

いけない。

今の言い方では、まるで陛下が悪いことをしたように思われてしまう。

「わ……、私はとても楽しゅうございました。あんな素敵なダンスは初めてでした。陛下と知らずとも、兄の無実を信じてくださるお言葉や、優しい微笑みに心が満たされました」

「私と踊って楽しかったか？」

「はい、それはもう」

「あの時は国王ではなかったのに？」

「どこのどなたかも存じませんでしたが、楽しゅうございました」

陛下はやっと微笑まれた。

「ただの男として女性を楽しませることができたのは、重畳だな。私も美しい女性と踊れて楽しかった」

その笑顔に、また心が揺れる。

恋してはいけない方だとわかっているのに、恋をしてしまいそうだわ。

「では、アレーナを怒らせたのは私の責任ということで、そちらは私が上手くやろう。ところで、お前はライオネルが言っていたように、なかなか賢い女性のようだ」

「そんなことは……」

「謙遜《けんそん》は今はいらぬ。その頭を駆使して、お前の兄を捜す方法は考えつくか？」

「兄を捜す方法……、ですか？」

「そうだ」

「でも既に皆様が方々手を尽くして捜していらっしゃるのでは？」

「もちろんだ。けれど、昨日お前が言っていたような、宝石を売りさばく先ということは考えていなかった。迂闊《うかつ》といえば迂闊だが、私を含め、皆が単純に盗んだものは売り飛ばすものだと決めつけていた。ライオネルがそのような輩と繋《つな》がっていない、とは考えなかった。私に至っては、彼が売るはずがないと思っていたからな。だが、そういうものの見方もある」

「とおっしゃると……？」

陛下はテーブルに肘をつき、身を乗り出された。

「ライオネルが盗品をさばくような者と繋がりがない、というのは彼の無実の証拠の一つだ。そのように、我々の考えつかない視点でものを考えて欲しい」

「でも私の……」

「私のような者が、とは言うなよ？　私はどのような者の意見も聞く。それが大切なことだと知っているから。お前が口にした考えが有益かどうかの判断は私がするから、何でも言ってみろ」

そこまで言われて、私は自分の考えつくことをつらつらと口にしてみた。

お兄様が本当に誰にもお仕事の話をしなかったのか。王都で世話をしてくれていた者達は、お兄様が出掛けることを知っていて、跡をつけたりしなかったのかという些細《ささい》な疑問も。

中でも一番気になっていたのは、お兄様が旅程のどの辺りで消えてしまったのかということだった。

決められた道から外れた場所によって、考えられることが違うのではないかと思っていたのだ。

王都を出てすぐに消えたのならば、最初から行方を晦ますつもりであったろうが、あと少しで目的地というところでわからなくなったのなら、本人の意思ではないだろう。

「それは難しいな。いつ消えたのかがわからないのだ」

「どうしてですか？」

「決められたルートはあった。だがライオネルが目立たぬ服装をしていたせいで、人物を特定できないのだ」

そういえば、お兄様が出掛けた時は雨だったと聞いていた。

皆が帽子やマントで姿を隠していたのだ。

「でも兄の馬を売りにきた者がいたと聞きました。ならば、少なくともそれより前の場所で消えた、ということでしょう？　それはどの辺りだったのでしょうか？」

「スミルという街だ。旅程としてはだいたい半分ぐらいだな」

「そこは通る予定の街でしたか？　馬を売りにきたのは何時ぐらいですか？」

「行程には入っている。売りにきたのは朝早くだったらしいな」

「では、それは兄ではないと思います」

私が言うと、陛下は『おやっ』という顔をした。

「何故そう思う？」

「スミルがどこにあるか、地図上では私も知っています。王都から向かうのならば、大きな山を越した辺りで、そこからはまた小さな山を越えるはずです。これから山を越えるのに、馬を売るとは考えられません」

「確かに」

「それに朝だというのもおかしいです」

「何故だ?」

「売る、ということはいらなくなったということですよね? 私なら、いらないものはちゃんと使ってから売ります。馬ならば、乗り倒して疲れて動かないから乗り換えるため、です」

「だが夜中走らせていたかもしれない」

「雨の中、大きな山越えをするのに夜中に走らせるのは危険ですわ。兄は、そういう賭《か》け事《ごと》のようなことはしません」

「うむ……」

陛下は考え込むように顎に手をやった。

「時間、か……。エリセの言うように、それも重要なことかもしれないな。あの辺りには山賊も出る。一人旅で夜に山に入るとは思えない」

「山賊……」

もしやお兄様はその山賊に襲われたのでは?

「ああ、いや。連中が宝石を手に入れたという情報はない。だから襲われてはいないと思う。ただライオネルならそういう場所に日が暮れてから入り込まないだろうということだ」

「はい……」

陛下は礼服のポケットから懐中時計を取り出すと、席を立った。

「やはりお前と話すのは有意義だ。明日もまた来よう」

「明日も、ですか?」

「そう長くはいられないが、頭を整理するのにお前と話をするのはいいことだと思った。何より、目の保養にもなる」

「……まあ」

「お前の待遇も、改善するように言っておこう。ではまた明日に」

「あ、はい」

慌てて立ち上がったが、陛下は私が礼をする前に部屋から出て行ってしまった。

思っていたよりも時間を取ってしまっていたのかしら? 昨日と違って礼服だったし、お仕事の途中だったのかも。

明日もまた会える。

お兄様のことは不安で、心配だったけれど、陛下にお会いできることは嬉しかった。

浮かれて仕事を疎《おろそ》かにしないようにしないと。私は再び与えられた仕事に戻った。

頭の中に色々なことが思い浮かぶけれど、今は何も考えずにいよう。

ただ、陛下のお姿だけを思い出していよう。

夜には頭から追い出したもの達が私の眠りを妨げるのはわかっていたから。喜びの余韻がある間は、それを味わっていたい。

「コルデ様……」

あの、青い瞳が自分を見つめていたという喜びだけを。


昼食に部屋へ戻り、また仕事をし、夜にまた部屋へ戻った時、夕食の時間よりも早くアンナが私の部屋を訪れた。

「本日から、私はエリセ様だけの侍女となりましたので、何かありましたらお申し付けください」

不満が顔に出ているが、彼女は深々と頭を下げた。

「私だけの？　他の方々は？」

「アレーナ様が、貴族のお嬢様を呼んでおいて専用の侍女を付けなかったのは非礼だったとおっしゃったのです。他の方々との共用の侍女は別の者が入ります」

その一言で、私は誰が何をしたのか察した。

コルデ様だわ。

コルデ陛下が、それをアレーナ様に言ってくださったのだわ。

「何か用事がありますでしょうか？」

「それでは、お茶をお願いしたいわ。カップは二つで」

「どなたかいらっしゃるのですか？　ここへ客人を呼ぶ場合には……」

「あなたの分よ」

「私……ですか？」

「ええ。一度あなたとお話をしたいと思っていたの。でも呼び止めればアンナの仕事の邪魔になると思って。私の侍女ならば、私の相手をするのも仕事のうちでしょう？」

「お茶などいただかなくても質問されればお答えします」

「質問ではないわ。お話がしたいのよ。だって、私が会えるのはきっとあなただけだから。親しくなりたいわ」

本心だった。この寂しい場所でお話ができる相手が欲しかった。

でも彼女は私の誘いを断った。

「申し訳ございませんが、それは仕事にはなりませんので辞退させていただきます。お茶はすぐにお持ちいたします」

アンナは礼をすると、すぐに出て行ってしまった。

……残念だわ。屋敷では、侍女やメイド達と話をするのは楽しかったのに。

私付きの侍女になるというのは、きっと彼女にとって嫌な仕事なのね。

ため息を零すと、心がずんと重くなった気がした。

いけないわ、暗くなっちゃ。

目を閉じ、私は陛下のお姿を思い浮かべた。

コルデ様は、私を普通に扱ってくださる。お兄様のことを信じてもくださっている。

だから、陛下のことを想うと心が軽くなった。

あまり陛下をお慕いしてはいけないと思っても、今の自分に与えられたたった一つの喜びだから、頭の中から追い出すことはできなかった。

お茶を運んできてくれた時も、アンナは「用事がなければ下がらせていただきます」とすぐに出て行った。

食事の時も。

いつもと同じようにテーブルの上にセッティングを終えると、帰ってしまった。

私などと口は利かないと決めているようだ。

外でも、こうなのかしら？

私がアレーナ様に招かれて王城に上がったことを、皆はどう捉えているのかしら？

ここへ来れば、王家はお兄様を信じている証拠になると思っていたけれど、そうではないのかしら？

アンナは、きっとどうして私のような者がここにいるのかと思っているのだろう。

彼女はアレーナ様を好きで、好きだからこそ罪人の妹がここにいることが許せないのだ。

では他の人達は？　他の人もそうなのかしら？

私がメルチェット侯爵のパーティに胸を張って出席すれば、お兄様の無実の証明になると思っていた。

けれど結果として、アレーナ様は、兄の心配もせずに遊ぶ妹と怒ってしまわれた。

ではどうすればいいのだろう？

どうすればよかったのだろう？

ベッドに入ってからも、暫くそのことばかり考えていた。

ただ真面目に働いているだけではダメなのかしら？

おとなしくしているだけではダメなのかしら？

どうしたら、お兄様が罪人ではないと認めてもらうことができるのかしら？

明日……。

もう一度陛下にお会いしたら尋ねてみようかしら？　あの方なら、きっとよい答えをくださる気がする。

強くて凜としたあの方なら。もうそれしか頼る術《すべ》がないから、陛下に心を馳《は》せた。

……もうずっと、私の頭の中は陛下のことばかりだった。

翌日宝飾室を訪れた陛下は、ご自分でトレイを持って現れた。

「王城の中で私に茶を運ばせるのはお前ぐらいのものだな」

と笑って。

私は慌ててそれを受け取り、陛下のためにお茶の支度を整えた。

「冗談だ。そんなに緊張しなくていい。私が飲みたかったから持ってきただけだ」

「でも」

「お前と会っていることを、他の者に知られない方がいいだろう？　まだ今は」

そう言われて、私は昨夜の疑問を口にした。

「私は……、どうすればよろしいのでしょう？」

自分の行動が他者にどう見えているのかわからない。

よい方法を考えたいけれど、それが正しいかどうかもわからない。

どうか『こうした方がいい』というものがあるならお教えください、と。

陛下は暫く考えられた後、残念そうにこう言った。

「今はまだ何もするな」

人は思惑で自分の視点を決める。

皆が一人を指して『あれは悪人だ』と言えば、大抵の者はその者は悪人だと思ってしまうだろう。

そしてその者が、置いてある物を持ち上げただけで盗もうとしていると考えてしまう。肩を軽く叩《たた》いただけで、暴力をふるわれそうになったと考えてしまう。

まずは、皆が落ち着いて物事を考えられるようになるまで待つのだ、と。

そのとおりかもしれない。

「では私のしたことは勇み足でしたのね」

パーティに出席したことを後悔してそう言うと、陛下はそうでもないと笑った。

「お前の勇気のおかげで、私達は会えたのだから。よい結果も生むだろう?」

陛下のお言葉は嬉しかったが、その笑顔に、また心が傾きかけて困ってしまった。

優しくされると、どんどん彼を好きになってしまう。

本当なら、お言葉をいただくことさえ難しい方なのに、二人きりの部屋で何度も微笑みかけられると、目の前にいるのが国王陛下だということを忘れてしまいそうだわ。

その日も、お茶を飲みながらお兄様のお話をした。

今日に至るまでこうもお兄様の行方がわからないのは、国外へ逃げたからではないかと言う者もいるそうだ。国内にいるのなら、どのような形であれ、もっと消息が摑めるだろう。

嵐に紛れて遠くへ行ってしまったのではないか、と。

「兄を追うのをやめて欲しいか？」

と訊かれ、私は首を横に振った。

「いいえ、許されるのでしたらいつまでも捜してください。それ以外、兄の無実を証明する方法はありませんもの」

「信じているのだな。このように辛い目にあうのは兄の責任だとは言わないのか？」

「兄の責任ではございません。これはただの誤解です」

「そうか。お前は強いな」

そんな心もとないお顔をなさらないで。

陛下までお兄様を疑わないで。

「確かにはっきりとさせないと、お前はいつまでもここから出て行けないだろう」

けれど疑っていたのではなかった。

陛下は私のことを考えてくださっていたのだ。

「かまいませんわ」

「私がかまう。お前をもっと明るい場所で、もっと美しく着飾っている姿で見たい。もう一度、今度は仮面を外して踊ってみたい」

そうできたら、きっと素晴らしいだろう。

「どうやら、私はお前に魅了されているようだからな」

笑って言う言葉が、お世辞だとわかっていても、照れてしまう。その様子を見て、笑われてしまった。

その日も短い時間でお帰りになったが、その次の約束はしてくださった。

また明日会おう、と。

それだけでも嬉しかった。

翌日、宝飾室へ向かうとそこには大きな長椅子が置かれていた。

どうしてこんなものがここに、と驚いていると、陛下が訪れておっしゃった。

「ここの椅子は硬い。お前もここへ来て座れ」

「私は仕事が……」

「王命だ。仕事の手を止めて私の相手をしろ」

ふかふかの長椅子に腰を下ろす。間には何もなくて、手を伸ばせば届く距離にいる。

ドキドキして困ってしまうのに、陛下は笑っていた。

「今日は、ライオネルの話ではなく、お前のことが聞きたい」

「私のことですか？」

「ああ。ライオネルから聞いたが、お前は色々なことができるらしいな？」

「そんなに大したことはできませんわ」

「馬にも乗るし、本も読む。ダンスの腕前は……、確かに上手かったな」

「ありがとうございます」

「それで？　他には何をする？」

「何も。私は普通の娘ですから」

「普通ではないだろう。お前は強い娘だ。見かけは儚《はかな》い花の精のようだが、芯《しん》はしっかりとしている」

「お褒めいただき……」

「楽器はどうだ？　何か弾けるか？」

「ピアノとハープを……」

「では明日はハープを持ってこよう。それで私に音楽を奏でてくれ」

「でも……」

「ライオネルは、私にとって親友だった。将来は宰相にしてもいいとも思っていた。その友人を、人々が悪し様に口にするのを聞いていることに疲れたのだ。立場上、感情に任せて反論することもできぬしな。だがお前は揺るぎなく彼を信じている。そのお前と過ごす時間が、私にとっての安らぎなのだ」

　言われて、初めて私は陛下もお辛いのだということに気づいた。

　妹姫様のお相手にとまで信頼していた者が、泥棒の汚名を着せられている。信じていても、証拠がない。

私はどこへ行っても、誰にでも『兄は無実です』と声高に叫ぶことはできる。

けれどこの方は……。

どんなに信頼していても、心の底から無実だと思っていても、それを口にはできないのだ。

王様だから。

国王だから。

いかなる者にも中立で公平でいなければならない。

たとえ親友であっても、それを理由に庇うことは許されないのだ。

私の耳には届かない悪口雑言も、陛下の耳には届くだろう。

まるで最初からお兄様が悪人であったかのように言う者も、信頼を裏切ったのだと言う者もいるだろう。

この方は、それに腹を立てたとしても、面《おもて》に出すことなく報告として聞き入れなければならないのだ。

「兄は、陛下を信頼し、信頼されることを喜んでおりました。私ごときの言葉ではございますが、それは絶対です」

弱った顔も、傷ついた顔も許されないお立場。

それはどんなに苦しいものだろう。

「陛下、か。ここにいる時は名前で呼ばないか？　陛下と呼ばれると気が抜けない」

「ですが、陛下を名前でお呼びするなんて……」

「コルデ、だ」

困ってしまう私を見て、悪戯《いたずら》っ子のように彼は笑った。

「コルデ、と呼べ、エリセ」

私をからかうことで心が休まるのかしら？

「コルデ、だ」

「できませんわ」

「王命でも？」

「そのようなことに大切な王のお言葉を使わないでください。それに、私達はまだ出会ったばかり。陛下が国王でなくとも、殿方を呼び捨てにすることはできません」

突っぱねると、陛下は笑った。

「確かにライオネルの言ったとおり、お前は頑固だな」

「頑固なのではありません。それが正しいことだからです」

「では『様』を付けてもいい。それならばいいだろう？」

「う……」

二人の間に空いた短い距離に、陛下の手が伸びてくる。

私の髪に触れ、にやりと笑う。

「肩書ではなく、人としての名を呼んでもらいたい。それで私の重責を、この部屋で下ろすことができる」

そう言われてしまうと……。

「エリセ?」

「コ……コルデ様」

名前を口にしただけで、頬が熱くなる。

それを申し訳なさからだと思ってくださるかしら?

「うむ。それでいい」

本当は、その名前だけで胸が高鳴っているのだと、気づかれないかしら?

「ライオネルとお前が育った屋敷の話も聞きたいが、今日はここまでにしておこう。頑《かたく》ななお前から一本取ったことだしな」

「頑なではございません」

「王に反論するのか?」

「ここでは王でいたくないとおっしゃるのでしたら、私は私の正しいと思ったことを口にいたします。この国の国王陛下はどんな者の言葉にも耳を傾けてくださるそうですから」

からかわれていると思ったから、少し意地の悪い返しをすると、陛下は声を上げて笑った。

「へ……、コルデ様？」

「よい。お前は頭も回る。やはりお前と話をするのは楽しい。明日はもっと時間が取れるようにしよう」

陛下は私の長い髪をすくい上げ、その先にキスをした。

「では、また」

心臓が爆発しそう。

この方はご自分の魅力がわかっていないのだわ。

陛下に胸をときめかせていることなど許されないのに。

でももう遅いわ。

「……コルデ様」

彼がいなくなった後、もう一度その名を呼んだ時、私は自分の心の中に絶対にあってはならないものを自覚してしまった。

あの方が好き、もっとずっと一緒にいたいという気持ちを……。

陛下は、毎日宝飾室を訪れた。

いらっしゃるのは午前中で、滞在なさるのは長くても一時間、短いと十分足らずの時もあった。

大抵はお兄様の話をしたけれど、私をからかって笑ってらっしゃる時もあった。

コルデ様が王の重責から逃れたいというのは真実だろう。

王の務めを果たしたくないというのではなく、王としてではなく個人として友人の心配をしたいという意味で。

だから、私にも包み隠さずわかっていることを教えてくれた。

未だ王城内ではお兄様を盗っ人扱いする者が多く、ミントン伯爵家を取り潰《つぶ》してもいいのではないかという強硬派もいる。

罪を犯したという証拠がない以上、大きく動いてはならないから、とにかく証拠を探しましょうという慎重派もいる。

お兄様の友人である貴族の子弟は、お兄様がこの国にはいないのではないか。

もしかしたら不慮の事故で亡くなったのではないか、だから罪は犯していないのではないかと言ってくださる方もいた。

事故にあって、どこかで療養しているとか、記憶を失っているのかもしれないと。

けれどそういう方々はまだあまり地位のない若い方ばかりなので、意見を取り上げられることはないらしい。

でも、お兄様を庇ってくれる方がいらっしゃるというのは嬉しかった。

けれど伯爵であるお父様が先王に重用され、更にその息子であるお兄様までもコルデ様に重用されていることを妬《ねた》む方達も多く、お兄様はもともと陛下を欺くために親しくしていたのですと囁くらしい。

どんなに辛い話でも聞きたいと言うと、陛下はそのようなことを全て話してくださった。

日が経ち、今では王城内は大きく二つの意見に分かれている。

一つはお兄様が盗賊に襲われ、既に命を落としているという説。

もう一つはお兄様が賊の一味で、既に国外へ脱出しているという説。

けれどどちらにしても、説明のつかないことがある。

お兄様が亡くなっているのならば、誰が馬を売ったのか？　盗賊がお兄様を襲って殺したのならば、遺体はそこらに転がされているだろうに、該当する死人も怪我人もいない。

賊の一味だとするなら、その繋がりを見つけることはできず、国外に逃げた様子もない。

何より、どちらにしても宝石が見つからないのだ。

大きな色付きのダイヤは、どこかで売りに出ればすぐに知れるだろうに、取り扱った者がいないのだ。

それに、それを買い付けるほどの大金が動いた形跡もない。

天に飛んだか地に潜ったか、全てが消えたままなのだ。

通常の盗難ならば、時間と共に人の口に上らなくなるものだが、事が王家の所持品、しかも宝石は希有《けう》のピンクダイヤ。

犯人の行方も知れないとあって、今もまだ人々は集まればそのことを噂するらしい。

私の拙い考えも、陛下は調べてくださった。

お兄様が立ち寄ったと明確にわかる最後の宿は、スミルの手前だった。

他の日がそうであったように、雨の降る朝、お兄様は宿を出て行った。

雨は午後になると酷くなり、嵐の様相を呈したが、馬を走らせられぬほどではなかったそうだ。

「難しいな」

長椅子に座って、陛下は私の髪を弄《いじ》るのが癖になったようだ。

「白も黒も、曖昧だ」

特に考え事をしている時には。

「時間が経てば、沈静化すると思っていたのに、噂は一向《いっこう》に収まる気配もない」

それが私をどんなふうにしてしまうか知らないから。

「これではお前を外へ連れ出すこともできない」

「私を外へ？」

「いつまでもこんな穴蔵のような部屋で石を磨くのは嫌だろう？」

「そんなことはございません。アレーナ様の持ち物はどれも素晴らしくて、見ているだけで楽しいですわ。それに、私がここで真面目に働いていれば、アレーナ様も、兄も真面目だったのかもしれないと思ってくださいます。宝石に目が眩んだのではなく、何かがあったのだと。そうすればお心安らかになるかもしれません」

「そうなれば、戻らぬことを不安に思うかもしれないぞ？」

「それは……」

そこまで考えなかったと項垂《うなだ》れると、コルデ様は慌てて言い換えた。

「すまん、意地悪を言った。お前の言うことの方が正しいかもしれん。私も、こうしてお前が真摯《しんし》に働いているのを見て、ライオネルが自慢した妹はその言葉どおりだったと納得しているしな」

お兄様はどれほど私を褒めちぎったのかしら。

困るわ。私はそんなに素晴らしい女性ではないのに。

「普通の娘は、褒められると得意げになるものだが、お前は褒められるといつも困った顔をするな」

「私の身に誇れるものがあれば胸を張りますが、身に余る褒め言葉では恥じ入るばかりです」

「謙遜だな」

「事実ですわ」

こうして二人きりの時間が長くなると、自分がコルデ様と親しくなったように錯覚してしまう。

ここから一歩出れば、私達の間は遠く離れてしまうのに。

ここでは、誰も私の軽口を咎める人はいない。

コルデ様に注意をなさる方もいない。

だから、どんどんと気安くなってしまう。

こんな態度をとってはいけないと思うのに、歯止めがきかない。

「お前には辛い話だろうが、もしもライオネルが戻らなかったら、アレーナにとっては気持ちを伝えなかったことはよいことなのかもしれないな」

「かもしれません。でも……」

「でも？」

「私は兄の気持ちだけは伝えたいと思います」

「それでアレーナが苦しんでも？」

「そうおっしゃられると辛いですわ」

「お前だったらどうだ？　もう会えぬ者に愛を誓えるか？」

問われて考えた。

もしも、この方にもう二度と会えないとしたら、きっと寂しい。でもそれはこの先絶対に訪れる瞬間だわ。

こうしていること自体が奇跡なのだから。

「もしも、私に好きな人がいて、もう会えないとしても、心は変わらないと思います。『愛《いと》しい』という気持ちは、会えないからといって変わるものではありませんから。もう会えないとしても『愛している』と言われたら、嬉しいです。その言葉だけを糧に生きていけます」

「そういう相手がいるのか？」

「おりません」

「仮定の話か」

またからかわれてしまったわ。

「ええ、そうですわ。どうせまだ子供ですから」

「子供などではない。美しい娘だ」

コルデ様が、弄っていた私の髪をご自分の指に巻き付ける。

「そうか、決まった相手はいないのか」

やめてください、と言えばきっとやめてくれるだろう。

人の嫌がることをするような方ではないから。

でもその一言が言えない。

だって、こうして欲しいと思っているのだもの。

たとえ髪の先でも、触れてもらって嬉しいと思っているのだもの。

「エリセ、膝《ひざ》を貸せ」

「え？」

「考えることが多すぎて疲れた」

コルデ様は懐中時計を取り出すと、それを私に手渡し、長椅子にごろりと横になった。

私の膝を枕《まくら》にして。

「十分ほど眠る。十分経ったら起こせ」

「コルデ様」

膝の上に彼の重み。

咎めようにもすぐに目を閉じてしまうから文句も言えない。

怒っていいことよ。

女性の膝を枕にするなんて、たとえ陛下でも非礼だわ。

なのに私は動けなかった。

疲れていらっしゃるのだから仕方がないというのは詭弁《きべん》だわ。

彼の、この重みが嬉しいと思っているのが本音。

会えば会うだけ、信頼されれば信頼されるだけ、この方を好きになってしまう。コルデ様にとって私は、親友の妹でしかないのに。

きっと、寂しいからよ。

辛いから、優しさに甘えているだけよ、と言い聞かせても、惹かれてゆく心が止まらない。

私は悪い妹だわ。

お兄様のことは心配だけれど、こうしてコルデ様といられると、この方のことだけでいっぱいになってしまう。二人の時間を楽しみ、喜んでしまう。

この時間に終わりが来たら、どうなってしまうのかしら？

……考えたくないわ。

手渡された懐中時計を見つめながら、ため息が零れる。

閉じた世界。

二人きりの時間。

これは夢だわ。

一時の夢なのよ。

だから、きっと許してくれるわ。

彼の髪にそっと触れても。

今だけ、お兄様のことを忘れても。

コルデ様を好き、と心の中で呟いても。


コルデ様と過ごす時間は日々の楽しみだった。

けれど自室へ戻ると、また気鬱《きうつ》になってしまう。

出されるお料理はとても素晴らしいものだけれど、味わう気持ちにはなれなかった。

だからついつい食事が遅くなってしまったのかと思った。

呼んでいないのにアンナが部屋を訪れたのは、時間だから食器を下げに来たのかと。

「ごめんなさい、まだお食事が終わってなくて」

「まだお時間はありますから、お気になさらないでください。お手紙を届けに来ただけですから」

「手紙?」

「男の方からですよ」

アンナは手にしていた手紙をついっと私の目の前に差し出した。通常なら、トレイに載せて差し出すものなのに。

「ありがとう」

封筒の裏を返すと、見たことのない名前が記されていた。

ヘイワード・グレンジ。

でも聞いたことがある気がする名前だわ。

気になったので、私はその場で封を切った。

『先日、お兄様からご依頼いただきましたブローチのことについてお手紙差し上げます』

そんな書き出しで始まった手紙には、お兄様が妹である私への贈り物としてブローチを依頼したこと。その品物ができあがったこと。

けれど現在は色々と騒がしいことになっているようで、お兄様とは連絡が取れないので、代金は支払われているから品物を直接私に送りたい。

もしも受け取りを拒否するようであれば、代金を返金し、品物はこちらで引き取ると書いてあった。

私へのブローチ……。

いいえ、違うわ、それはアレーナ様への贈り物だわ。

最後に会った時、愛しい方への贈り物の話をしていたもの。

「アンナ、すぐに返事を書くから、出しておいてくれるかしら？」

「かしこまりました」

そのブローチはアレーナ様には渡せないだろう。

けれど、それをなかったことにはしたくない。

食事もそこそこに机に向かうと、ペンを走らせた。

品物は受け取ります。どうぞこちらへ送ってください、と。

「お願いするわ」

封をしてアンナに渡すと、彼女は一瞬顔をしかめた。

「……どなたです？　ご親戚《しんせき》ですか？」

「いいえ、商人よ」

「そうですか」

彼女は気のない返事をし、それをエプロンのポケットに突っ込んだ。

「お食事はどうぞごゆっくりなさってください。食器はお嬢様がお仕事にお出掛けになってから下げに来ますから」

「そう？　ではお願いするわ」

彼女は、部屋を出る前にちらりと机の方を見たが、何も言わずに出て行った。

お兄様の贈りたかった方には届かなくても、これは私が受け取ろう。

戻ってきたら、お兄様に渡して、お兄様の手でアレーナ様に渡していただくのだ。

ただ……、お兄様の帰還に対して、だんだんと疑いが頭をもたげてきていた。

悪事を疑っているのではない。戻ってこないかもしれないという疑いだ。

行方不明になってから、あまりにも日が経ち過ぎた。

悪いことは考えたくなくても、もう考えるしかない。

お兄様はもう……。

「いいえ、まだよ」

私は頭を振って弱気を振り払った。

まだ考えてはダメ。『証拠』がないわ。

どうなったかなんて、誰にもわからない。奇跡という言葉がある限り、必ずしも悪い結果が待っているわけではないはずよ。

けれど、この細工師からの手紙が、お兄様ではなく私を、更に悪い方へと導いた。


翌日、朝食を終えて宝飾室へ向かおうとした私に、アンナがこう告げた。

「アレーナ様がお待ちです。お部屋へご案内いたします」

「アレーナ様が？　何の御用？」

「私にはわかりません」

「……そう」

アレーナ様が私に何の御用なのだろう？

というか、早く宝飾室へ行かないと、コルデ様をお待たせしてしまうかもしれない。もしかしたら、行き違いになって今日は会えなくなってしまうかも。

でもアレーナ様からのお呼び出しを断ることはできないので、アンナについて部屋を出た。

向かう先は、先日と同じ部屋だった。

アンナがドアをノックし、お応えをいただいてからドアを開ける。

彼女は扉のこちら側で待ち、私に中へ入るようにと促した。

「失礼いたします」

アレーナ様は、肘掛けに右手を置き、背もたれから離れて先日と同じ椅子に座っていた。

お召しになった赤いドレスに黒髪がよく映える。お兄様が愛した方だと思うと、その美しさはより心に染みた。

胸を張り、まっすぐにこちらを見るお姿には威厳と気品がある。

「御用でしょうか？」

「ジェシアから、あなたの働きぶりは聞いています。毎日真面目に仕事をしているようですね。数の確認もさせていますが、変化はないようだし」

数を……、確認してらしたのね。

疑われているのはわかっていても、こうして口に出されると胸が痛んだ。

「ありがとうございます」

どんな言われ方であっても、褒めてくださったのだから喜ばなくては、と思ったのだが、ここでアレーナ様は口調を変えた。

「細工師から手紙をもらったそうね」

「……え?」

「それはどのような細工かしら?」

挑むような、咎めるような口調。

「あなたの兄が依頼したという細工は、どのような細工なのかと訊いているのよ」

「どうしてそれを……」

手紙の内容など、誰にも話していないのに。

アンナにさえ、商人からの手紙だとは答えたけれど、細工師からのものだとは言っていない。私だって、中を見るまでは細工師からの手紙だと気づかなかった。

中身……。

一瞬、身体が震えた。

「私の……、手紙を読んだのですか？」

「私の質問に答えなさい」

「他人の手紙を盗み読みしたのですか？　王女様ともあろう方が」

「言葉に気をつけなさい！」

ピリッと空気が震えるほどの叱責《しっせき》。

でも私は怯まなかった。

これは悪いことだもの。してはいけないことだもの。

「個人の手紙を本人の許可なくお読みになるのはいけないことです」

「私には怪しい物事を調べる義務があります。手紙を見たのは私ではありません。あなたに疑わしいことがあるからと知らせた者がいるだけです。そしてその疑いを私も認めたのです」

アンナだわ。

彼女しかいないもの。

手紙が届いた時、封は閉じていた。けれど彼女は部屋を出る時、机の方を見ていた。私が開き、読んだ『手紙のある』机の方を。

昨日は、どうしてだか私が仕事に出て部屋を空けてから食器を下げに来るとも言っていた。それはつまり、私が部屋を留守にしてから彼女が部屋に入り、机の中から手紙を取り出して盗み読んだということだ。

人を疑うのは悪いことだけれど、それしか考えられない。

「それは盗んだ品物を加工させたのではないの？」

睨みつけながら、アレーナ様は重ねて尋ねた。

「違いますわ！」

「ライオネルは宝石を盗んだ後、細工師に加工させ、あなたに届けるように命じたのではないの？」

「違います」

「調べればわかることなのよ」

「ではお調べください」

悲しい。

身体中を切り刻まれるように悲しい。

「手紙をご覧になったのなら、細工師の名も、所在もご存じでしょう。どうぞ心行くまでお調べください。私は恥じることなどしておりません。隠す必要もございません。アレーナ様が他人の書簡を盗み見て、家臣の言葉を信じずに調べ回るというのなら、お止めいたしませんわ」

「無礼者！」

アレーナ様は近くに置いてあった扇を取ると、私に向かって投げ付けた。

それは避けずにいた私の頬に当たり、床へ落ちた。

「王女である私を盗っ人のように言うか」

「お心に手を当ててお考えください。アレーナ様は一国の王女。そのお立場に恥ずかしくない行いをなされたのかどうか。私や兄を悪し様に言うのはかまいません。今はまだ、疑いを晴らせる証拠が何もないのですから。けれど、これはなりません。このような行為は、アレーナ様ご自身を辱める行為ですわ」

負けない。

後ろめたいことなどないのだから。

これはアレーナ様にとってよいことではないのだから。お諌《いさ》めしなくてはならない行為だもの。

お怒りを恐れて口をつぐんではいけないことだもの。

「口だけは達者なようね。けれど私を侮辱したことに変わりはなくてよ」

「いいえ、侮辱などしておりません。アレーナ様に立派な王女でいていただきたいからの忠言です」

お兄様が愛した方だから。

「私には罪人を捜す義務があります。あなたが調べても構わないというのなら、調べましょう。あなたの兄が持ち去った物は、そうするにやむないものだったのですから」

彼女の言葉と疑いを、怒る気持ちはなかった。

知ってしまったから。

愛しいと思っていた人に、自分の大切な宝石を持ち逃げされたと思うショックがいかほどのものか、想像がつくから。

もしも、二人が言い交わしていたら、信頼はもっと大きかったのかもしれないが、アレーナ様はお兄様の気持ちを知らないのだ。

「お話がこれで終わりでしたら、失礼して下がらせていただきます。命じられましたお仕事がございますので」

「……よろしいでしょう。下がりなさい」

行け、というように手を振られたので、私は一礼して退室した。

ドアの外にはまだアンナが立っていた。

彼女の姿を見た途端、怒りが湧いた。

「あなたのしたことは恥ずべきことよ。以後、私の許可なく部屋に入ることは許しません」

彼女は『まあ』と驚いた顔をし、ふいっと顔を背けると、背を向けて立ち去った。

ここには、私の味方はいないのだ。

それを痛感した。

部屋に戻らず、そのまま宝飾室へ向かい、中へ入ると、私は長椅子に突っ伏して泣いた。

「う……ぅ……」

今まで泣くのを我慢していたけれど、今日はもう限界だ。

ここまで疑われているとは思っていなかった。

アレーナ様は完全に私が、お兄様が、盗っ人だと思ってらっしゃるのだ。

そしてアンナは私を嫌っているだけではなく、罪人であると確信し、その証拠を摑もうと嗅《か》ぎ回っている。

アンナの報告を叱《しか》るべき立場のアレーナ様が、その言葉に耳を傾けてしまったことも残念でならない。

アレーナ様は、決してそのような振る舞いをなさる方ではないはずだ。なのにそれをしてしまうほど、お兄様の裏切りに心を痛めてらっしゃるのだろう。

それを思うと、あの方の悲しみにも胸が痛む。

悲しい。みんな悲しい。

そして悔しい。

「う……」

私にもっと知恵があったなら、お兄様の疑惑を晴らすことができるのに。

私が男だったら、今すぐに城を飛び出し、お兄様の行方を捜すのに。

何もできない自分が歯痒《はがゆ》く、悔しかった。

声を上げ、涙で顔がくしゃくしゃになるほど泣いた。

仕事をしなくてはと思うのに、床に座り、長椅子に突っ伏したまま顔が上げられなかった。

「エリセ！」

だから、彼が入ってきたことに気づかなかった。

泣いていた私を、突然力強い腕が抱き起こす。

「どうした？　何があった？」

心配そうに覗き込む顔。

「コルデ様……」

縋ってはいけない。

頼ってはいけない。

この方は国王陛下なのだから。

でも……。

涙が止まらなかった。

まるで穴の空いたコップのように、後から後から涙が溢れ出る。

「この頬はどうした？　誰にやられた？」

アレーナ様の扇が当たった頬にコルデ様の手が触れる。

「泣いてばかりではわからんだろう。何があったか説明しろ」

少し怒ったような声で言われ、何とか説明しようとしたが、やはりできなかった。

それほどに悲しみは深かった。

「いいえ……、何も……」

取り繕おうとする言葉すら出てこない。

「う……う……」

声は嗚咽《おえつ》になり、また涙が零れる。

「エリセ」

青い瞳が、近くにあった。

抱き起こした手が、頬をしっかりと摑み、私の身体を彼に向ける。

泣き顔を見られたくなくて背けた顔を、大きな手が捕らえた次の瞬間、唇に柔らかな感触があった。

「泣くな」

驚きで、あれほど止まらなかった涙がピタリと止まる。

今……、この方は何をしたの？

私の唇に触れたのは……？

「泣きやんだな」

安堵したような声に、怒りが湧いた。

「酷いわ！　初めてのキスなのに……！」

怒ってはいけない相手なのに、我慢できなかった。

だって、初めてだったのよ。

しかも相手は愛しいと思っている人であっても、私を愛しているわけではないのに唇を奪われるなんて。

「涙を止めるためだけに簡単に奪うなんて……！」

拳を握り、彼の広い胸を何度も叩いた。

「違う。涙を止めたいと思ったのは事実だが、それだけではない」

「じゃあどんな理由があってなのです？　からかうつもりならばもっと酷いわ」

「からかってなどいるものか！」

肩を抱いていた手に力が籠もる。

「お前を……、愛しいと思ったからだ」

「え……？」

悔しさに零れた涙がまた止まる。

「いつも気を張って、強くあろうとするお前の涙を見たら、我慢ができなくなった。だが、お前の気持ちを無視したことは謝罪しよう」

「私の……気持ちを考えずにキスしたのですか……？」

「……すまなかった」

謝ってはいるけれど、手は離れない。後悔の色も見えない。

ましてや嘘をついているようにも見えなかった。

「お前のことは気に入っていた。とても好きだと思っていた。だが、自分でも、口づけるとは思わなかった。どうしても、その涙を止めたかったのだ。いや、涙を止めるためだけではない、『お前の涙』だからだ。その涙が、私の胸を掴んだのだ」

それではまるで私を好きだと言っているように聞こえる。

いいえ、今さっきこの方は私を愛しいと言ってくれた。

これは本当のことなの？

「エリセ、泣くな」

最初は悲しみの、次は悔しさの、そして今度は喜びの涙が溢れ出す。

「無理です……」

「戯れではない。だからといって許せとは言えないが。お前はそれほど私の口づけが嫌か?」

「……いいえ」

胸を叩いていた手で彼の上着を握る。

「いいえ、嫌ではありません」

目の前で、それとわかるほど彼の顔が輝いた。

「嫌ではないということは、嬉しいということか?」

今まで見せたことのない、子供のような笑顔。

この方はこんなふうにも笑うのか。

そういえば、初めて会った時に胸をときめかせたのも、彼の微笑みだった。何て素敵に笑う方なのだろうと思っていた。

「お気持ちがあるのならば……」

「ではお前も私を好きなのだな?」

率直に訊かれて、答えに戸惑う。

「答えろ、エリセ。それを許す」

どうしよう。

相手は国王陛下。

私はまだ罪人の妹と謗《そし》られている立場。

けれど……。ここにはそれを咎める者はいなかった。

二人きりなのだ。

「……好きです」

「エリセ」

「でも、私達は身分が……」

「もう『でも』はいらない。今は言葉など必要ない」

そう言うと、彼は再び私の唇を奪った。

今度はただ唇を合わせるだけでなく、噛み付くように唇を開いて私の唇を覆い、更に舌を忍び込ませてくる。

こんなキスなどしたことはなかった。

いいえ、本当に男の人と唇を合わせるのは初めてなのだ。

何をどう応えたらいいのかわからない私を、彼は強く抱き締め、ずっと唇を求め続けた。

息が止まる。

身体が震える。

それでもまだ私達は唇で繋がり、互いの身体に腕を回してしっかりと抱き合った。

ようやく離れた時には、目眩《めまい》がした。

「エリセ……」

私を覗き込む青い瞳。

「ライオネルの言葉や、数度言葉を交わしただけでお前を求めるのは間違いだと思っていた。だが今の口づけでよくわかった。私は、お前が愛しい」

「コルデ様……」

「こんなか細い身体で、いつも顔を上げ、何にでも立ち向かおうとする姿も、誠実な態度も、春の日差しのような優しさも、私が求めるに相応しい女性だ」

「私は……、コルデ様が陛下だと知る前から、あの仮面を付けて踊った日から、あなたに胸をときめかせておりました」

「国王でなくとも？」

「はい。冷たい視線から私を守ってくださったことも、私を慰める優しい言葉をくださったことも、片時も忘れられませんでした。巧みなリードも」

「お前もダンスは上手かった」

ああ、あの微笑みだわ。

とても上品で、優しくて、それでいてどこか強さを秘めている。

「この恐れ多い気持ちが報われただけでも嬉しいことです」

「これだけで満足してもらっては困る」

「コルデ様？」

「私はお前に求婚しよう。お前を私の妻にしたい」

興奮ぎみに、喜びに溢れた顔をする彼を見た途端、私は一時の夢から覚めた。

「それはなりません！」

慌てて彼を突き放すように身体を離す。

「何故拒む」

「まだ、兄の無実が証明されておりません」

「ライオネルのこととお前のことは別だ。いや、もし関係があるとしても、彼が罪を犯した証拠はない」

「罪を犯していないという証拠もありませんわ」

コルデ様の顔から笑みが消え、眉間《みけん》に皺《しわ》が寄る。

「何が言いたい」

「コルデ様は国王陛下。罪ある者の一族を迎えることは許されません」

「お前はライオネルの無実を信じていると言っただろう」

「はい。今も信じております」

「では……」

「けれど信じていない方も多いのです。その方達を無視することはできません。私などを迎えれば、その方達は陛下に不満を抱くやもしれません」

彼の顔は益々《ますます》険しくなった。

でもこれが正しい答えだ。

アレーナ様のお怒りを思えば、他の方々も同じ怒りを持つだろう。

アンナの行動を思い返せば、他の方々も同じことをするかもしれない。

罪人の妹は何をするかわからないと思い、そのような者には何をしてもいいのだと。

コルデ様の妻はこの国の王妃。臣民に疑われ、蔑まれる者が王妃になってはいけないのだ。

「その頬は、そのような輩にされたのか？」

扇の当たった頬に彼が触れる。

「いいえ、これは……」

「お前は他人の悪口を言わぬ娘だったたな。たとえそれが事実でも。では私が当ててみようか？　お前はほとんど他の者とは会わない生活だそうだな」

「コルデ様」

「侍女やメイドが仮にも伯爵令嬢であるお前を傷つけることは考え難《にく》い。となると同じ身分かそれ以上の者にされたのだろう」

「大したものではございません。どうかお考えにならないでください」

懇願したが、彼は想像をやめなかった。

「アレーナの名で王城に呼ばれているお前を害することは、アレーナの名に泥を塗ることになる。そんなことができて、尚且《なおか》つお前と出会うことができる人間となれば数は少ない。話し相手として呼ばれている貴族の娘が二人いたな。……いや」

彼はそこで言葉を切った。

「アレーナか？」

「いいえ、違います」

「エリセ。嘘をつくことは許さない。真実を述べよ」

嘘。

アレーナ様を庇うことが、この方に嘘をつくことになる。それでは私には答える言葉はなかった。

アレーナ様を告発することもできないし、この方を欺くこともできないから。

沈黙が肯定になってしまうとしても。

「アレーナ……」

ギリッと音がしそうなほど顔を歪め、彼が歯がみする。

「感情的だとは思っていたが、このような振る舞いをするとは」

私から視線を離した彼が、このままアレーナ様のところへ向かうのではないかと、思わずしがみつく。

「アレーナ様もお苦しいのです。わかってさしあげてください……！」

「そんな目にあわされても、まだ庇うのか？」

「叱責ならば、私がいたしました。だから怒ってしまわれたのです」

「叱責？　お前がアレーナを？」

「出過ぎた真似とは思いましたが、してはいけないことをなさったので……」

「それが何であったかを問うてもお前は答えまい。いいだろう、アレーナのことはもう触れない。だがお前がアレーナの反対を恐れているのはわかった。いや、アレーナだけではないだろう。他の者に反対されるのが怖いのか？」

「反対されることではありません。あなたが王としての信頼を失うことが怖いのです。それも私のせいでなんて……」

「それでも、私はお前を望むのだ」

嬉しいけれど頷けない。

「私を、愛しているのだろう？」

「……はい」

「では私の妻になることを拒むな」

「いいえ、だめ。兄のことがわかるまで」

「それまで我慢ができぬ。もう、私はお前の唇を知ってしまった。それ以上も欲しいと願っている。エリセの全てが欲しいのだ」

私だって、求められたい。

この方の妻と呼ばれることができたら、どれほど嬉しいか。

「私は……、ただこうして会えるだけでも……」

「『私』が我慢できないと言ってるんだ」

求めてくださる気持ちが真実なのがよくわかる。

自分の中にも彼を求める気持ちがある。

でも、私達は許されない。

「では……、私を愛妾《あいしょう》となさってください」

「エリセ?」

「コルデ様が好きです。愛しいと思っています。けれど王妃にはなれない。でもお側にはいたい。ならば私に残された道は愛妾となりお側に置いていただくことだけです……」

「お前は……、何と酷い娘だ」

彼の顔が苦悩に歪む。

「私に、親友の妹を妾《めかけ》にしろと言うのか?」

彼の想いが純粋であるからの苦悩。

私は何と罪深いのだろう。コルデ様の顔が歪んでゆくのが嬉しい。

私を、『正しく』扱いたいと思っている証しだから。

「エリセ」

この手を取りたい。

ただ一言『嬉しい』で終わりにしたい。

でも私を睨んだアレーナ様の視線が実の兄であるこの方に向けられたら……。

私のせいで兄妹《きょうだい》仲が悪くなったら。

家臣達が皆、私を見るような目で彼を見たら。

盗っ人一人を裁けぬ上にその妹を娶《めと》るのかと囁いたら。

メルチェット侯爵のパーティで踊った時の周囲の視線が思い出される。あの時は、彼は仮面を付けていた。どこの誰とも知れぬ者として冷たい視線を向けられていた。

でも王とわかってもあんな目で見られたら……。

親友であるお兄様を庇うことすら『王として』できないと悲しんでいたこの方の正義を、私が汚《けが》すなんて、絶対にできない。

「……どうぞ、私を妾妃として扱ってください」

コルデ様は苦悶《くもん》し、怒りに満ちた目で私を見下ろした。

だが怒りはすぐに悲しみに変わり、冷酷な眼差しとなった。

優しく輝く青い瞳が、冷たい氷に変わる。

「そうか……。それほど言うならば、私はお前を愛妾としよう。妾妃であるならばその扱いがどのようなものか、とくと味わうがいい」

言うなり、彼は私を床へ押し倒した。

「コルデ様……！」

「愛妾とは、王が求める時にその身体で王を慰めるためだけのものだ。知らぬわけではないだろう？」

覆いかぶさってくる彼が顔を近づける。

「お前は私に『こういうことをしろ』と望んだのだ」

唇が、頬に触れる。

耳に触れる。

私を押さえ込んだ手がドレスの肩を引き下ろす。

「いや……。だめ……っ」

抗《あらが》っても、力で敵《かな》うはずがなかった。

「私はお前に愛を囁いた。だがお前はそれを拒んだ」

「拒んだのでは……」

「お前の正義の前に、私が膝を折らされたのだ。憎らしいことに、それでもお前を嫌いになれない。あの涙を見る前ならば手を離していただろう。だがお前がどんなに強がっても、本当は繊細な娘なのだと知ってしまった。涙を止めることもできない娘なのに、今日までそれを見せることがなかっただけだと知ってしまったら気持ちが変えられない」

襟元を広げた肌に、彼の唇が触れる。

「……あ」

微《かす》かに触れ、鎖骨をなぞるように移動し、胸元へ近づく。

胸元のリボンが解かれ、締めていた紐が緩められる。

ぴったりと身体を包んでいたドレスが緩み、ふわりと身体が軽くなる。

彼の手は、襟元の僅かにできたドレスと身体の隙間《すきま》から中へと滑り込んだ。

「ん……」

熱く、硬い掌《てのひら》が肌に触れる。今まで感じることのなかった感触。

指は蠢《うごめ》き、隙間を広げ、奥へと進む。

「抵抗しないのか？　しなければこのまま抱くぞ」

抵抗など……できるわけがない。

力で負けるというからではない。

私が望んでいるからだ。

愛しい人に求められているのに、拒むことなど考えられない。彼が国王陛下だから、私の気持ちは抱いてはいけないものだと思っていた。なのにコルデ様は私を望んでくださる。それを幸福と思っているのに、どうして拒めるだろう。

「返事はなしか」

手がドレスの中で胸を摑む。

「ん……っ」

「エリセ……。これでも、妻にはならないのか？」

「……はい」

彼は手を引き抜き、身体を起こした。

そして私を軽々と抱き上げると、硬い床から柔らかな長椅子の上へと運んだ。

「そう言われても、この手を止めることができない自分を愚かだと思う。このまま、私の部屋へ来いと言っても来ないのだろう？」

「……人に見られてはコルデ様のご迷惑になります」

「頑固者め……」

今度は力任せではなく、ゆっくりと手が私のドレスを脱がせ始める。

雛鳥《ひなどり》に張り付いたタマゴの殻を外すように、中身には決して傷をつけまいというように。

求められた時、どう応えればいいのかがわからなくて、ただ黙ってじっとしていた。

露《あらわ》になってゆく肌に口づけが降る。

唇が動く度に身体が震える。他人が肌に触れるという感覚が鳥肌を立てさせる。

彼は、終《つい》に私の上半身からドレスを取り去った。

「あ……」

それでも、胸が露にされると、思わず声が漏れ、手が隠すように動く。

けれど彼の手は私の手首を摑み、隠すことを許さなかった。

「恥じらいも許さない、愛妾であるならば。この身は私のものだ」

両方の手首を摑んで腕を開かれ、露になった乳房に彼の唇が触れる。

「あ……っ！　いや……っ」

痺《しび》れるような感覚が身体の内側を走り抜ける。

膨らみの上の方に触れた唇は、ゆっくりと何かを辿《たど》るように下へおりてゆく。

感覚に呼ばれるように目を向けると、私の白い丘の上にある小さな薄紅の突起に、彼の舌が伸びてきたところだった。

「……っ」

まだ触れていない。

触れていないのに、身体の芯がジクンと鳴る。

そして実際に舌先が触れると、そのジクンとした弾《はじ》くような小さな感覚は、ビリビリとした衝撃に変わった。

「あ……！」

腕を摑まれたまま、大きくのけ反る。

のけ反っても、舌は離れない。

舌の先だけが突起の先を舐《な》め、巻き付いた。

「や……っ！」

嫌がらない、抵抗しないと思っていたのに、初めての感覚に怯《おび》え、彼の手を振りほどくように身体を揺らす。

もちろん、振りほどくことなどできなかった。

「コルデ様……っ」

赤い舌が与える濡れた感触。

熱く、柔らかく、小さな蕾の先だけを嬲《なぶ》る。

「コルデ様……！」

自分の裸体を男の人の目の前に晒すという恥ずかしさよりも、彼の舌の、ほんの先だけが触れるだけでこんなにも反応してしまう自分が恥ずかしい。

彼の舌が自分を嬲るのを見ているのが恥ずかしい。

「お願いです……、やめて……」

終に耐え切れなくなって、私は制止を口にした。

「許さない」

けれど返ってきたのは冷たい言葉だった。

「私はお前を大切にしたいと思っていた。正式に妻に求めたいとも言った。だがお前は私に愛情と肉体の快楽は与えるが、共に手を携えることは拒んだのだ」

「それは……」

「だから私はお前をそのように扱う。愛しているが、この部屋で、誰にも知られることなく快楽を共有することだけにする」

「あ……っ！」

舌が引っ込められ、彼が私の胸に吸い付く。

「んん……っ」

湿った口腔《こうこう》の中に敏感な蕾が消え、その中で思う存分弄《もてあそ》ばれる。

痺れは、もう全身を包んでいた。

内側で疼《うず》くように、出口を求めて広がってゆく。

感覚に、出口などない。

感覚は身の内側にあるものだ。だから、その痺れはいつまでも私の身体の中を巡り、私を苛《さいな》み続けた。

「あ……」

強く吸われ、軽く歯が当てられる。

嚙まれるのかとも思ったが、そうではなかった。

当たった歯は、柔らかさを確かめるように当てられただけで、すぐに舌に替わった。

感触の違う二つのものに責められ、声が上がる。

見えないのに何をされているかが感覚だけでわかる。

「あ……やぁ……っ」

身悶《みもだ》えていると彼が私の手を片方だけ離した。

自由になった手で何をしたらいいのか。どうしたらこの行為を終わりにできるのかと迷っている間に、同時に自由になった彼の手が、口を寄せていない方の胸を摑んだ。

「あ……っ！」

柔らかな肉に指が食い込む。

しっかりと捕らえ、揉《も》みしだく。

強く握られていても、痛くはなかった。身体の中で一番柔らかい場所だからかもしれない。

向けるとはなく視線をそちらに向けると、しっかりと乳房を摑んでおきながら、指が先

を弄り始めた。

新しい感触。舌よりも硬く、歯よりも柔らかい。

そしてその二つよりもしっかりとした意思を持って濃《こま》やかに動く指。

突起を弾き、回し、ねじ込み、引《ひ》っ掻《か》く。

「あ……、あ……、や……っ」

脚の間、その奥の秘部に熱が集まるのを感じる。

身体中を蠢いていた疼きが出口を見つけたかのようにそこに集まり……、とろりとした何かを零すのを感じた。

「……ひっ」

溢れてくる。

私の感覚が、そこから蜜《みつ》のように溢れ出す。

「コルデさ……ぁ……」

四肢の肉が意思とは関係なくヒクヒクと痙攣《けいれん》する。

それを察したのか、彼が口を離し、身体を起こした。

「もう準備はいいようだな」

「準備?」

「だが、私はお前を妻にすることを諦めてはいない。このまま最後までお前を抱くことはしないでおこう」

最後……。

言っておきながら、彼の手がドレスの裾から中へ滑り込む。

「あ、だめ……っ！」

手は、あっと言う間に脚の間を滑り、最奥へたどり着いた。

脚を閉じても、肉をこじ開けるようにして秘部に指が伸びる。

そして到達すると、狭間《はざま》にねじ込み、濡れた場所を探った。

「今すぐに、お前のやわ肉の中に私を入れてやりたい。一つになって、歓喜の声を上げさせたい」

「だ……め……、指を……、動かさないで……」

「だが今は『まだ』その時ではない」

指が中をかき回す。

「今はお前の乱れる様を見るだけで満足しよう。そうさせているのは私だというだけで」

入り口の、浅いところだけで抽挿《ちゅうそう》を繰り返し、襞《ひだ》の奥に隠れた場所を弄る。

「あ……っ！」

ただそれだけで、疼きは一塊となり、私の身体の中を走り抜けた。

「あぁ……っ！」

目の前の彼にしがみつく。

脚に力が入り、筋肉が硬直する。

そして……。

全身の力が、零れるように身体から抜け出てしまった。

残されたのは、長椅子の上に横たわる、人形のような魂の抜け殻だった。

「快感を得ただろう？」

今それを言うの？　酷いわ。

「愛妾に『しかなれない』者を愛したならば、優しい言葉も強い抱擁も与えよう。そんな身分しか与えられずにすまないと詫《わ》びもしよう。だがお前は『しかなれない』わけではないのに、この身分を選んだ。私の愛の言葉も、甘い抱擁も妻のためにとっておく。愛妾にやれるのは、快楽だけと思っておけ」

申し訳程度にはだけたドレスを戻すと、彼は苦しそうな顔で私を見た。

黙って私の髪をすくい、そこにキスした。

さっきまでの意地の悪い顔とは違う。

厳しくも真剣な眼差し。

「ミントン伯爵令嬢には、変わらず求愛を続ける。我が妻になってくれ、と」

凜とした声でそれだけ言うと、彼は出て行った。

傷ついた。

けれど傷つけた。

何が一番よい選択か、私にはわからない。

彼の胸に飛び込むことができるのなら、私だってそうしたい。

でも私のせいで彼が家臣に蔑まれるようなことだけはしてはいけないのだ。

彼のために。

「う……」

お兄様の行方がわからない以上、私は、幸福と不幸をない交ぜにした感情に包まれながら、ただ涙を流すことしかできなかった。

「コルデ様……」


身支度を整え、冷たく、硬く、美しい宝石を磨き、時間になると部屋へ戻った。

夕食を届けにきたアンナはドアをノックし、どうぞと招いたのに、ワゴンを戸口に置いたまま中に入って来なかった。

「許可なくお部屋へ入るなと言われましたので」と言って。

許可を与えてもよかったのだが、何だかもう疲れてしまって、私は自分で戸口まで食事を取りに向かった。

「私は、悪いことをしたとは思っていません。アレーナ様を苦しめた罪人に繋がるものを調べるのは当然のことだと思っています。あんなにお優しい方を悲しませるなんて、私には信じられません」

挑むような眼差しでそう言う彼女は、さっきより憎めなくなっていた。

彼女は、アレーナ様が好きなのだ。

これも忠誠なのだ。

「では忠告しておきます。あなたが品性にもとる行動をすれば、それはアレーナ様が命じたことと思われます。アレーナ様を、他人の手紙を盗み見てこいと命じる主《あるじ》だと思われたくなければ、あなた自身が潔白でなければいけません」

彼女は羞恥《しゅうち》で顔を赤くしたが、「あなたに言われたくはないわ」と去って行った。

疲れる……。

お兄様はどこにいるのだろう。

今どこで何をしているのだろう。

お兄様が元気なお姿で戻られれば、全てが上手く行くのに。

お兄様は侯爵になり、アレーナ様に求婚し、私はコルデ様の求婚を受ける。四人で愛に包まれて暮らせるのに。

お兄様が無事ではないことを予感しながらも、まだ願わずにはいられなかった。

お兄様のためにも、アレーナ様のためにも、コルデ様のためにも、私のためにも……。

翌日、コルデ様はいらっしゃらないだろうと思った。

傷つけてしまった自覚があったから、怒ってらっしゃるだろうと思っていた。

けれど、彼はまた部屋を訪れた。

「愛しい寵姫《ちょうき》の顔を見たいと思うのは当然だろう」

と言って。

でも彼が怒っていないわけではない。

今までは、二人ですごす時間は楽しい会話の時間だったのに、彼は長椅子に座り、私を抱き寄せると、すぐに唇を奪った。

「コルデ様、私には仕事が……」

「私よりも優先させる仕事などあるはずがないだろう」

「でも……」

「お前は私に愛されることが仕事だ」

抱き締められ、唇を重ね、ドレスの上から身体に触れられる。

「あ……」

抗わなければならないのに、抗えない。

首筋に唇が這《は》い、耳の後ろにキスされると、声を漏らしてしまう。

「このまま、私の部屋へ連れて行きたい」

「それはだめです……」

ぴったりと着ているはずのドレスの胸元から指が差し込まれ、ぎこちなく中で動く。

「コルデ様……」

「明日はもっと胸元の開いた服にしろ。これではお前に触れることができない」

「そんな……」

「もっとも、こちらは無防備だがな」

ドレスの裾をたくしあげられ、脚を露にさせられる。

白い肌に彼の手。

膝を捕らえ、内股《うちもも》に滑り込み撫でる。

「あ」

また奥まで望まれるのではないかと膝を合わせるが、手は太ももの上を彷徨《さまよ》った。

「私が欲しいと思うようになるまで、もっと苛《いじ》めてやろう」

「コルデ様」

甘美に籠絡《ろうらく》されてゆく。

彼が触れる場所が熱い。

昨日与えられた快楽は身体に刻み込まれ、それを忘れることができない。

男女の営みについての知識はあった。触れ合うだけが全てではないことは知っている。

一つに繋がるのが、『最後』なのだと。

彼を愛する身体は、遠からず彼を求めるだろう。

今は理性で抗えるが、それもいつまでもつかわからない。

彼に抱き締められることは悦《よろこ》びだから。

さんざん私を撫で回した後、彼は時間が来ると立ち去った。

昨日宣言されたとおり、愛の言葉はない。

いつものように「ではまた明日」という言葉しか与えられない。

彼はそれを罰だと思っているようだけれど、私にはこれだけでも喜びだった。

一生、恋を告げることができないと思っていた時よりも愛されている今の方がずっといい。

でも、彼がいなくなった時の寂しさは、今までの比ではなかった。

彼の触れた場所に残るその感触。消えてしまったぬくもり。

自分の手とは全く違う、あの大きな硬い手が恋しくなってしまう。

自分の部屋へ戻ると、面影は薄らぎ、他のことを考えることができたけれど、また翌日に宝飾室へ来ると、いつ彼が現れるのかとそわそわしている自分に気づいた。

私は、何と浅ましくなってしまったのだろう。

自分から彼を突き放しておきながら、求めてしまうなんて。

意識を彼から切り離そうと、棚に手を伸ばし、新しい宝石の入った箱を下ろしていると、コルデ様はノックもなく入ってきた。

「あ……」

棚の箱に手を伸ばしている私の背後に立ち、両手が塞《ふさ》がっている身体を後ろから抱き締める。

「胸の開いたドレスを着てくるようにと言ったはずだが？」

耳元で囁かれる声。

「承知した覚えはございません。手をお離しください」

「何故？」

「箱を落としてしまいます」

「では落とさぬように注意しろ」

耳を舐《ねぶ》られ、胸を摑まれる。

「コルデ様……」

膨らみをすっぽりと包んだ手が、ゆっくりと動く。

もどかしいほどゆっくりと。

「や……」

髪の間から、首筋に唇が当たる。

柔らかな感触に鳥肌が立つ。

乳房が下から持ち上げられるように摑まれ、揉まれる。

「う……」

薄い布地ごしでも彼にはその中身がわかるかのように、突起の部分が摘ままれる。

「……あっ！」

箱を取り落としそうになり、私は箱を戻して棚に摑まった。そうしていないと、膝から頽《くずお》れてしまいそうで。

「やめて……、ください……。このような……」

「このような？　嫌に強いこと、か？」

手が腰を抱く。

「王妃になれば、このような不埒《ふらち》な真似はしない。大切に扱おう」

密着した彼の身体が背に当たる。

「今からでも私の求めに応じるか？」

「それはできません……」

「私を愛しているのに？」

「愛しているからです……」

「では私はお前を愛しているから、絶対にお前に、首を縦に振らせてみせる。もう、他の女を求める気にはならないから。お前がそうしたのだ」

その言葉に、身体が火照《ほて》る。

「お前を存分に愛させてくれ」

服の上から撫で回す手に、ピクピクと怯えるように反応してしまう。

「友の名に懸けて、必ずお前を幸福な花嫁にしてみせる。お前の心配するようなことはさせない」

腰にあった手が、くるりと私の身体を返し、向かい合う。

棚に押し付けられ、逃げることのできない場所で、また深く口づけられた。

こんなふうに口説かれ続けたら、流されてしまいそう。

何も考えずに、この腕に飛び込んでしまいそう、と思った時、ドアをノックする音が聞こえた。

キスが離れ、お互いハッと目を合わせる。

アンナやジェシアなら、私が許可を与えなければ入室はしないはず。

それでも慌てて彼から離れた時、突然ドアが開いた。

許可も受けずにこの部屋に入れる、コルデ様以外の人間。

それは二人しかいない。

コルデ様のお母様である先王の王妃様と……。

「……どうしてお兄様がここにいらっしゃるの？」

コルデ様の妹君、アレーナ様だ。

彼女はコルデ様がここにいることに驚き、それから目を細めて私を見た。

「お兄様。彼女が誰だか知ってらっしゃるの？」

憎しみに満ちた視線。

コルデ様は、アレーナ様のそんな表情を見るのは初めてだったのだろう。まるで私を庇うかのように一歩前へ出た。

「知っているとも。ライオネルの妹君、エリセ殿だ」

「知っていて、ここにいらっしゃるというの？」

「お前はどうしてそんな顔をする。私達の友人、ライオネルの妹なのだぞ」

「友人？」

彼女の顔が歪むのが、コルデ様の肩越しに見えた。

泣きそうな、それでいて怒っているような表情。

「彼は盗っ人ですわ。私達を騙《だま》した」

「そうと決まったわけではない」

興奮しているアレーナ様に対して、コルデ様は落ち着いた様子で答えていた。けれど、それが益々アレーナ様を苛立たせているようだった。

「もう一度伺いますわ、お兄様。ここで何をしてらっしゃるの？」

お願い、言わないで。

そう願ったのに、コルデ様は少しも恥じることなく言ってしまった。

「エリセを口説いているところだ。私の妻にならないか、と」

「コルデ様……」

背後から彼の服を引っ張ったが、もう遅かった。

アレーナ様の表情は怒りだけになり、その目がコルデ様を無視して私だけに向けられた。

「そう……。そうだったの」

「アレーナ」

彼女は近づいてきて、私につかみ掛かろうとした。

それをコルデ様が抱きとめる。

「兄は王国の宝石を盗み、妹は国王の心を盗むというわけね。二人して、この国を乗っ取ろうとでもしているわけ？」

「やめなさい！」

「お兄様は騙されているのよ！」

「彼女は立派なレディだ」

「この娘は私を泥棒のように言ったのよ！」

「お前はそれに思い当たるようなことをしたのか？　それとも何も謂れのないことでそう言われたのか？」

問いかけられると、アレーナ様は赤い唇をキュッと噛み締めた。

「思い当たることがあるようだな」

「私は……！」

「彼女は他人の悪口を言うような女性ではない。思い当たる節があるのなら、心してその言葉を受け取るべきだろう」

自分の兄が自分の味方ではない。

彼女はそのショックを、私への憎しみに上乗せした。

「上手くやったものね……。お兄様はすっかり骨抜きというわけね。あなたに届いた荷物を届けにきてあげたら、とんでもないものが見られたわ」

「私の荷物を……？」

ふと見ると、彼女の手にはベルベットを張った小さな箱があった。

「中を検《あらた》めて問題がないようだったから、勝手に見たことを詫びてあげようと思ったのよ。でもあなたが宝石よりも重大なものを盗んでいるところに出くわしたわけだわ」

　彼女は手にしていた箱を私に向かって投げ付けた。

「アレーナ！」

　パンッ、と軽い音がしてコルデ様の手がアレーナ様の頬を叩く。

「いい加減にしなさい！」

「私を……、ぶったの……？」

　彼女の目から大粒の涙がぽろぽろと零れ出る。

「私に手を上げたのね？」

「お前が彼女に物を投げ付けたからだろう。いいや、お前がエリセにしていることは王女の振る舞いではない。ライオネルが疑わしいと言っても、彼女にどんな罪があるというのだ？」

　炎のような女性だと思った。今日も身に纏っている赤いドレスのせいだけではない、怒りを隠すことなく、兄君の目をキッと睨みつける彼女は、燃え盛る炎のようだった。

　こんな時に言うことではないかもしれないけれど、美しいとさえ思った。

　私や、貴族の姫君達のように、誰かに守られて静かに微笑んでばかりいる女性とは違う。内にある感情を表に出すことにためらいがない。

　それは彼女の『王女』という立場がそうさせるのだろう。

己の誇りにかけて、引くことなどしない、という。

お兄様は、もしかしたら彼女のこの激しさに惹かれたのかもしれない。

「私は反対よ！　その娘の兄は犯罪者だわ」

「決まったわけではないと言っているだろう」

「そうではないという証明ができない限り、彼は盗っ人だわ。でなければ私を置いて……、お兄様の信頼を裏切り、宝石を持って行方をくらました理由は何だとおっしゃるの？」

『私を置いて』と漏れた言葉が、彼女の本心なのね。

「わからぬから調査をしているのだ」

「調査をしてもわからなかったのでしょう？　そんな男の妹を、王家に迎えるわけには参りませんわ。私だけではありません、お母様だって、家臣だって反対するわ。我が王は盗っ人の妹を隣に置くのだと……」

もう一度、今度は軽く手を当てる程度だったが、コルデ様はアレーナ様の頬を叩いた。

「それ以上言えば、自分が貶められるだけだ」

「……勝手になさるといいわ！　でも私は邪魔をしますから！」

流れる涙を拭うこともせず、彼女は部屋から飛び出した。

長い黒髪がふわりと広がりベールのようだった。

「……すまなかった、エリセ」

私は床に落ちた箱を拾い上げた。

「いいえ」

「不快な思いをさせた」

「私……、とても美しいと思って見ておりました」

「美しい？」

「奔放で、激しくて、純粋で……。兄が惹かれたのがわかるような気がします」

「お前は……。それは？」

彼は私が拾った箱に目をやった。

「兄が細工師に依頼したブローチです。アレーナ様は、これが盗まれた宝石が加工されたものではないかと疑ってらしたようでした」

「お前に届いたものを勝手に開けたのか？」

彼が不快そうに眉をひそめたので、私はすぐに否定した。

「アレーナ様ではなく、恐らく侍女がそうして、アレーナ様に報告したのでしょう。間違いだったと気づかれて、わざわざここまで届けてくださったのですわ」

箱を開けると、中には真紅の宝石で作られた薔薇のブローチが入っていた。

大きなものではないが、細かな細工になっている。

きっとアレーナ様の黒髪に映えただろう。

取り出して裏を見ると、私が勧めたように文字が刻まれていた。

『私の唯一の薔薇へ』

泣きそうになりながら、私は笑った。

「お兄様らしいお言葉だわ」

「何と書いてあるのだ?」

覗き込む彼に、私はブローチを差し出した。

「これは、兄が妹のために依頼したことになっておりますが、本当は愛しい人に贈るために特別に作らせたのです」

「つまり……、アレーナのためか」

「はい。中身をご覧になってしまわれたのなら、お渡ししていただくことはできませんわね。あのご様子では、兄からのものなど何も受け取りたくはないようですから」

可哀想《かわいそう》なブローチ。

こんなに美しいのに、贈る人も、贈られる人もいなくなってしまった。

「これは私が預かろう」

「コルデ様が?」

「ライオネルのことがはっきりしたら、私から渡す」

私の手に残っていた箱を取り上げ、その中にしまう。

「アレーナの態度を見て、お前が頑なに私を拒んだ理由がやっとわかった。あれほどお前に酷く当たっているとは思わなかった」

「アレーナ様のおっしゃることが真実なのです。私は……、やはり王妃にはなれません」

「エリセ」

「この部屋だけでいいのです。あなたが私を愛していると知っただけで……」

コルデ様はそっと私を抱き締めた。

「もう一度、ちゃんと考えよう。私達のことを」

その腕は優しかったけれど、私には嫌な予感がした。

実の妹君の、あれほどの反対を知って、この方は私を求め続けてくれるかしら？

それとも……。

「私、部屋へ戻りますわ。今日はそうした方がいいと思います」

「エリセ。何があろうと、私がお前を愛していることだけは忘れないでくれ」

「もちろんです」

忘れはしません。

たとえ、『それだけ』しか残らなかったとしても……。

今日は、もう会えないだろうとわかっていた。

でも明日になれば、またあの部屋でコルデ様にお会いできると思っていた。

けれどそれは大きな間違いだった。

部屋へ戻って暫くすると、アンナではなくジェシアがやってきて、こう告げた。

「姫様は、エリセ様にはもうお仕事を頼まないそうです」

「……え？」

「したがって、もう宝飾室へは足を運ばないようにとのことです」

彼女は伝えられた言葉だけを口にしているようで、その声に抑揚はなかった。

私とコルデ様が会っていたことを、アレーナ様は彼女には教えなかったのだろう。

「ですが、まだ全てを磨き終えたわけでは……」

「後は他の者がいたします。とにかく、あなたは宝飾室へは行ってはいけません。絶対に、です」

「それでは明日から私は何をすればいいのでしょう？」

尋ねると、彼女は首を軽く振った。

「さあ？　私は伺っておりません。ただ、城内をうろうろとするのはお勧めいたしませんわ。できましたら、お部屋でおとなしくなさっていてください。追って、アレーナ様からのご指示があるでしょう。それでは、私はこれで」

「あ、ジェシア様……！」

引き留めようと名を呼んだけれど、彼女は振り向きもせず出て行ってしまった。

……もう、宝飾室に行けない。

それはコルデ様とは会えないということだった。

私がいる場所はアレーナ様の居住棟、陛下のいらっしゃる場所とは違う。

ジェシアが言ったとおり、私が城内を歩くのはよろしくないだろう。というより、きっと許されない。

もし許されたとしても、私には王の居住棟に立ち入る権利がない。

私とコルデ様が会えたのは、彼があの部屋を訪れてくれたからなのだ。

あの部屋でならば、他人に見咎められることがないからだったのだ。

なのにあの部屋へ行けなくなると……、私はもうあの方に会うことができない。

コルデ様も、アレーナ様のあのご様子を見ては、ここへはいらっしゃらないだろう。

もしも、アレーナ様が今すぐに城を出て行けとおっしゃったら、私はそれに従うしかない。

そうなったら、もう二度と、コルデ様にはお会いできない。

先ほどの別れが永遠の別れになってしまうかも……。

ふいに、恐ろしいほどの孤独が足元から這い上がってきた。

彼に会えない。その言葉が頭の中に谺《こだま》する。

花が散るように、私から幸福と喜びが剝《は》ぎ取《と》られ、散ってゆく気がした。

娘らしい日々も、お兄様も、明るい未来も、もう私のもとにはない。その上、初めて愛しいと思った人も、儚く消えてしまう。

目眩を感じ、私はベッドの上へ腰を下ろした。

「……ばかね。最初からわかっていたことじゃない」

ショックを受けていることが驚きだわ。

私が陛下の手を取ることなど、あり得ないのよ。

もしお兄様の一件がなかったとしても、私はたかが伯爵家の娘。王家に嫁ぐことなどできるわけがない。

一時でも彼の側にいて、この身体に彼の手を感じただけでも奇跡だわ。

ああ……。

あの一時が、もっと甘い時間であったなら。

いいえ、そうなっていたら、私は彼を忘れることができなくなっていただろう。

「それじゃ、今なら忘れられる？」

声に出して言い、自分で首を横に振った。

忘れられるわけがない。

でも忘れなくては……。

「荷物を……、まとめておいた方がいいわね」

きっとアンナは荷造りを手伝ってはくれないだろう。

自分一人でやらなくては。

涙の滲《にじ》む目を擦《こす》り、私は立ち上がった。

何も残らない。来た時と同じものだけを持って、ここから去らなくては。

胸に残る思い出だけを持って……。


退去する覚悟を決め、荷物をまとめていたのに、アレーナ様からここを出て行くようにというご指示はなかった。

アンナは相変わらず素っ気なく、部屋に入ろうともしない。

そんな彼女が、一通のメッセージを持ってきたのが、コルデ様に会えなくなってから三日後のことだった。

「アレーナ様からです」

流石にアレーナ様のメッセージは丁重にトレイに載せて差し出された。

やっと出て行けと言われるのね。

そう思ってカードを開くと、そこに書いてあったのは、思いも寄らない言葉だった。

『明日の王室主催のパーティに出席を命じます。好きなだけ着飾ってかまわないわ。けれど必ず出席するのです。これは厳命です』

下にはアレーナ様の署名もある。

私がパーティに？

私が憎いのではなかったの？　怒ってらしたのではなかったの？

「返事を伺ってくるように言われております。お返事は？」

「……少し待って」

アンナが声をかけたので、慌てて机に向かい、お返事を書いた。

厳命ならばこう書くしかない。

『喜んで出席させていただきます』と。

返信のカードを渡すと、アンナはすぐに行ってしまったので、パーティがどのようなものかを尋ねる相手はいなくなってしまった。

王家主催のパーティ。

憧れていた響きだけれど、当然ながらそんなものに出席したことはない。

それは普通のパーティとは違うものかしら？　それとも同じかしら？

持ってきたドレスの中に、相応しいものはあったかしら？

一度まとめた荷物を開いて、私はドレスを探すことから始めた。

ここへ来た時には、アレーナ様のお相手をするものだと思っていたから、派手ではないけれど、一応礼装になるドレスは入っていた。

宝飾品も、最低限は用意してある。何とか恥をかかない程度にはできるだろう。

支度を手伝ってくれる侍女はいないけれど……。

でも……。

ここで私を手伝ってくれる人が誰もいないということが、何だか嬉しかった。

それは取りも直さず、アレーナ様が慕われているということだもの。

アレーナ様を悲しませる人を許さないと思うから、侍女で伯爵令嬢である私を敵視しているのだろう。

他の人もアレーナ様のためを思って、陛下が黙認している私から距離を置くのだ。

お兄様の愛した人が皆から慕われている。

それが少し誇らしかった。

パーティの前日に出席を知らせる、という意地悪をするところも、考え方によっては子供っぽくて可愛いのかも。

悪い方へ悪い方へ考えるのはやめよう。

これが終わりなら、最後は笑ってここを去れるようにしよう。

もしかしたら、アレーナ様も最後だから出席を許してくれたのかもしれない。

王城へ来てから、冷たい態度をとられることもあったけれど、私はほとんど人と接してこなかった。

悪い噂がまだ流れているのを、頭ではわかっていたが、また忘れていた。

一番怒っているはずのコルデ様が全てを許し、優しく接してくださったから。

『私』が人前に立った時、どのように扱われるのかを、この時私はすっかり失念していた。


王家主催のパーティは、王城の一番大きな広間で行われる。

何台もの馬車が次々と城門をくぐり、華やかに着飾った人々が、馬車から降りてきてはその広間に吸い込まれる。

入り口には銀の鎧を着た衛士達が並び、屋内には衛士も兵士もいない。

実際は別室で控えているのだが、パーティの雰囲気を壊さぬよう、姿を見せないのだ。

女性は競って己を飾り、男性とて例外ではない。

陽が落ちて、広間の大きなシャンデリアに明かりが灯《とも》ると、楽隊が静かにゆっくりとした音楽を奏でる。

ここから先、進行は全て音楽が導いてくれる。賓客が到着すれば、楽の音《ね》が少し大きくなり、広間へ通されればまたもとの大きさに戻る。

一般の――とはいえほとんどが貴族だが――客の場合は音楽の大きさに変化はない。

そして、陛下が姿を現す時には、一旦《いったん》音楽がやみ、登場のファンファーレが響く。

そこで談笑していた者達はみな口を閉じ、玉座へ向かい、礼を取る。

陛下が開会のお言葉を述べている間は、もちろん音楽はない。

そして夜会が始まると、ダンスのための楽曲が流れる。

最初は軽いテンポのもの。年配の方々や、経験の少ない若者達でも踊れるような。

時間が過ぎるごとに、その曲は難しいステップが必要なものに変わってゆく。参加者が疲れて来る頃には、ダンスを得意とする方々が中央で踊り、皆はそれを眺めるのだ。

私がお兄様から聞いていた、王家主催のパーティというのはそういうものだった。

言われた時間に合わせるように、支度をした。

若草色のドレスに、白のレース、飾りものは銀と、あっさりとした色合いを選んだ。

あまり目立ちたくはなかったので。

髪飾りは、瞳と同じ緑。靴も、緑の飾りがついているものを選んだ。

王城の中にいるから、馬車が連なって入ってくるところは見られなかったが、ジェシアが私を広間まで案内してくれた。

彼女は少し冷たい感じがするけれど、事務的な人なのかもしれない。

この時、私は初めて他の二人の侍女に会った。

侍女とはいうけれど、私が想像していたアレーナ様のお話し相手、だ。

お一人は黒髪で、もうお一方は明るい茶の髪だった。

お二人は、私が誰だか知っているらしく、出会っても目で会釈されただけで、言葉を交わすことはなかった。

ジェシアに連れられて広間まで行くと、そこで別れてしまったし。

後見人が誰もいないままのパーティは初めて。

いつもお父様かお兄様がいたし、先日のメルチェット侯爵のパーティでは、侯爵ご自身が後見役のようなものだった。

でも今日は、誰もいないのだ。頼れる人も、庇ってくれる人も。

人々の群れの中、自分がどこへ行けばいいのかと迷っていると、一人の男性が声をかけてきた。

「ミントン伯爵令嬢?」

若くて、優しそうなお顔立ちの方だが、見知った顔ではない。

「はい。そうです」

「ああ、やはり。以前ライオネルが見せてくれた肖像画のとおりだ。ではエリセ殿ですね」

　ごまかすことなく答えると、意外なことに彼は笑った。

「私はライオネルの友人です」

「まあ、お兄様の？」

　喜びの声を上げると、彼は口元に指を当て、シッとやった。

「私も色々と立場があるので、公にあなたに声をかけることはできませんが、私も早く彼が見つかることを祈ってます。それと、忠告ですが、なるべく早めに帰られた方がいい。今日はあなたが来ていると噂になっていましたから。それじゃ」

　その方は名乗ることなく、そのまま私から離れて行った。

　お兄様のことを信じてくれている方がいる。

　そのことはとても喜ばしかったが、彼が残した最後の言葉が気にかかった。

『今日はあなたが来ていると噂になっていましたから』

　……どうしてだろう。

　私ですら出席することを知ったのは昨日なのに。

　私は女性達の流れに乗って、広間の端に立った。

　サロンに行けば噂の的にされる。こういう時はダンスに誘われるのを待つような顔をして立っているのが一番目立たないと、侯爵のパーティで学んだので。

穏やかな音楽が流れる中、人々がさざめき交わす。

皆、それぞれの知り合いの方々と挨拶したりするのに夢中で、見知らぬ私に注意を向ける者はいなかった。

キラキラ輝くシャンデリアは、クリスタルが使われていて、お兄様の言っていたとおり、とても美しかった。壁や天井の装飾も美しい。

これを見られただけでも来た甲斐《かい》があるわね。戻ったら、お父様達に話してさしあげよう。

辛かったことは言わず、ただ王城は美しかった、と。

音楽がやむ。

皆がハッとして広間の正面、一段高くなった玉座の方へ視線を向ける。

ファンファーレが鳴り響き、一同が玉座へ向き直り、礼を取った。

私もドレスの裾を取って、頭《こうべ》を垂れた。

ファンファーレがやむと玉座の横の扉から、コルデ様が現れた。その腕を取って隣に立つのはアレーナ様だ。

黒髪のお二人は、それぞれコルデ様は濃紺の礼服、アレーナ様は赤いドレスだった。

「陛下より、開催のお言葉を頂戴いたします」

と声が響き、コルデ様が右手を上げ「今宵《こよい》は楽しむがよい」と一言だけ述べて玉座に座った。

ご立派だわ。

まだ王としてはお若いのに、もう近づきがたいほどの威厳がある。

先王陛下の突然の死去からの王位継承でも、内外に問題を起こさず、国民からも厚い信頼を受けてらっしゃるのだとは、お父様のお言葉だった。

あの素晴らしい方が、私の目の前にいてくださった。

夢のような時間。

それが本当に夢になっただけ。

ダンスのための曲が流れると、フロアに何人もの方が歩みでて、踊り始めた。

私はコルデ様だけをじっと見つめていた。

彼は、私がここにいることに気づいていないでしょうね。

その方がいいわ。

「これはミントン伯爵令嬢様、珍しいところでお会いいたしますわね」

突然、見知らぬ女性が私に声をかけてきた。

オレンジ色のドレスを着た、私よりも少し年上らしい女性だが、知らない方だった。

先ほどのことがあるので、私はお兄様かお父様の知り合いかとにっこりと微笑んだ。

「申し訳ございません。どこかでお会いいたしましたでしょうか？」

するとと女性はことさら大きな声を上げた。

「まあ、お会いしたことはございませんわ。でもあなたのことはよく存じてましてよ。陛下の信頼を裏切って、アレーナ様のための宝石を持ち逃げしたライオネル・ミントンの妹君なのでしょう？」

彼女の言葉に、近くにいた何人かがこちらを見た。

「あの……」

「未だお兄様が捕まっていらっしゃらないのに、よく陛下の前に顔が出せたものですわね」

悪意。

冷たい悪意がひしひしと伝わる。

「それとも、ここでお兄様と待ち合わせ？　そんなことはないわよね？　官吏達が必死に捜しているのだもの」

意図的に、彼女は声を張り上げている。

周囲の者に聞かせるために。

「ねえ、伺いたいわ。お兄様はどうやって逃げ果せてらっしゃるの？　知りたいわ。私に教えてくださいな」

「兄は……、逃げているわけではございません」

拳を握り、耐えた。

「思い違いをなさっているようですが、兄は宝石を持ち逃げしたわけでもございません」

彼女は言い返したことにムッとした表情を見せた。

「あら、それじゃどうして捜されているのかしら？」

「行方不明になったから、というだけですわ」

俯いてはだめ。

弱気になってもだめ。

「本当にそうかしら？　あなたがそう思っているだけではないの？」

お兄様は何も悪いことはしていないのだから、胸を張っていないと。

「あなたを飾るその宝石も、お兄様がどこからか『調達』なさったんじゃなくて？」

「これは母からもらったものですわ。私はあなたの興味を満たすものは持ち合わせておりませんから、どうぞご挨拶だけで終わりにされてくださいませ」

頭を下げると、彼女は黙って去っていった。

けれど、周囲に立っていた女性達は既に囁きを始めていた。

「あの方がミントン伯爵の……」

「陛下の宝石を盗んだ？」

「もとは陛下のご友人だったそうよ」

そしてそれは男性にも伝播していった。

「上手くやったもんだ。今頃外国で悠々自適じゃないか？」

「へえ、美人じゃないか。罪人の妹でなけりゃ誘ってもよかったな」

「やめとけ、犯罪者の仲間と思われるぞ」

最初はポツポツと、やがてざわめきになるほどに声が広がってゆく。

私の周囲からは人が消え、遠巻きに好奇の目を向ける。

蔑み、憤懣《ふんまん》、好奇。

悪意、無視、冷笑。

「追い出すべきじゃないのか？」

「陛下の前で騒ぎはまずいだろう」

「捕まえたらどうだ？」

「妹は犯罪をおこなってないだろう」

「妹だぞ」

会話はどんどんと膨らみ、会場中に広がるのではないかと思えた。

けれど、私に声をかけたり近づいてくる者はいない。

私は、顔を上げ、コルデ様の方を見た。

その時、アレーナ様と目が合った。

……まさか。

アレーナ様は隣にいらっしゃるコルデ様に何かを語りかけ、私の方を扇で示した。

まさか、アレーナ様。

あなたは私に思い知らせるためにこのようなことを？　先ほどの婦人は、アレーナ様が命じたことなの？

……いいえ、疑ってはいけない。

事実がわかるまでは。

「帰ったらどうだね」

年配の男性がジロリと私を見て言った。

「君の兄上がしでかしたことを知らないのかね？　ここは君のような者が来る場所ではない。今なら気づかぬふりをしてやるから、帰りなさい」

音楽は流れている。人々は踊っている。

楽しそうに。

けれど私の周囲だけは殺伐とし、皆が責める視線を向ける。

遠くで、コルデ様が立ち上がった。

アレーナ様がそのコルデ様に何かを話しかけていたが、コルデ様は気にせずまっすぐフロアを横切って、こちらへ向かってくる。

アレーナ様も、彼を追うようにこちらへ向かってきた。

皆も陛下達に気づいて私から彼へと視線を移す。

私に冷たい視線を向けていた人々が、笑顔をもって陛下を迎える。

「一曲、踊っていただけるかな？」

コルデ様は私の前に立ち、手を差し出した。

「お兄様、お控えください。皆が見ておりますわ」

追いついたアレーナ様が止めるのも聞かず、私の手を取る。

「いけません、陛下。私の手を取っては」

「何故？」

「アレーナ様のおっしゃるとおりです。皆が見ております」

「エリセ、辞退なさい」

きつい言葉が飛ぶと、コルデ様は妹の方を見て一喝した。

「黙れ！」

ピリッとした雰囲気に皆が押し黙る。

「私に意見できると思うな。お前の言葉には正しさがない。感情で物事を口にするのは愚かなことだ」

そして周囲の者をじろりと睨むと、同じように続けた。

「私がすることが誤りであるのなら、他人の言葉も聞き入れよう。しかしそれぞれの思惑を私に吹き込もうとしても、耳は貸さぬ。彼女の兄、ライオネルを、私は罪人と認定してはいない。今も、彼は私の友人だ」

誰も、何も言えなかった。

流れる音楽に負けないほどの声に圧倒されていた。

「エリセ。私の手を取れ」

「でも……」

「私はお前を求める。お前はどうだ？　まだ拒むか？」

目の届く範囲の全ての人が、私達に注目していた。

私は暫く躊躇《ちゅうちょ》したが、差し出された手をおずおずと取った。

「一曲だけ……」

だって、もうこれが最後かもしれないもの。

結婚はできない。それはわかっている。

ならば一曲だけでも、この方に抱かれて踊りたい。

「エリセ！」

アレーナ様の声を聞きながら、私達はフロアの中央へ滑り出た。

「やっと、『私』としてお前と踊れる」

「これがきっと最後ですわ」

「冗談だろう。これからずっと、だ」

「皆様の反応をご覧になったでしょう?」

「だから?　あのような者達の中、変わらず顔を上げている、お前の強さに改めて愛しさを感じた」

音楽が、私達を包む。人々が王のために場所を空ける。

彼の巧みなリードに操られ、いつもより上手く踊れるみたい。

「もういい、エリセ。この曲が終わったら、私は皆にお前を迎えることを宣言する」

「陛下」

「コルデ、だ。もう呼び捨ててもかまわん」

「いけません」

夢のような時間。

ドレスの裾を翻しながら、床の上を滑る。

「確かに、最初はお前を悪し様に言う者もいるだろう。だがそんなものはお前を見ていれば皆気持ちを変える。エリセがそのための努力をすればいいだけだ」

「努力……」

「お前にはそれができる。それに、私がもう我慢の限界だ。つまみ食いなどするものではないな。一時でも早く、お前の全てを手に入れたい」

「陛下……」

頬を染めてもいいかしら？

微笑んでもいいかしら？

この時間を楽しんでもいいかしら？

この先のことは、この曲が終わってから考えればいいわ。

今は最後かもしれないこの時を味わっていたい。

「陛下！」

最後の夢に酔いしれている時、大きな男の声が広間に響き渡った。

コルデ様の足がピタリと止まり、声の方を見る。

「何事だ。催事の途中だぞ」

入ってきた男性は陛下の前まで歩み出ると、膝をついて頭を下げた。

「申し訳ございません。すぐにお知らせするべきだと思いまして」

「……お前がそう言うのならば、そうした方がよいのだろう。話せ、聞こう」

彼は私の手を取ったままだった。

音楽はやみ、皆も入ってきた男の言葉に注目している。

「ミントン伯爵のご子息、ライオネル殿を発見いたしました」

その一言にざっとざわめきが広がり、次の言葉を待ってまた静寂に満ちる。

聞き付けたアレーナ様もフロアの中心にいる私達のところまで歩み寄った。

「続けろ」

「は、ライオネルと共に、件《くだん》の宝石も無事発見いたしました」

「ライオネルは今どこにいる？　何故戻ってこなかったか、説明したか？」

彼の問いに、男は一瞬言葉を詰まらせた。

「ライオネルは馬車にて休ませております」

「ここへ連れてこい」

「陛下、それは無理でございます」

「怪我をしているのか？」

「彼は……ライオネルは亡くなっておりました……」

その一言に目眩がした。ふらついた私をコルデ様が支えてくださらなかったら、きっとその場に倒れていただろう。

「ですが、これだけは今、お耳に入れさせてください。ここにいらっしゃる皆様にも聞いていただきたいのです」

「何だ？」

「ライオネルは、最後まで任務をまっとうしようとしておりました。彼は、事故にあったのです。もしくは、盗賊に追われたのかもしれません」

この方は、お兄様の友人だったのかもしれない。

お兄様を呼び捨てにしているし、その目にうっすらと涙を浮かべているもの。

「先日陛下からのご指摘がありましたとおり、スミルよりこちら側を重点的に捜索しましたところ、樵《きこり》が嵐で道の変わった場所があることを教えてくれました」

山間の道は、天候で変わることがある。

あの嵐のような雨で、あちこちが崩れたらしい。

けれど街道からは外れた場所だったから、捜索の目を向けることはなかった。

この方は、エイドン伯爵は、お兄様の友人として、あらゆる手掛かりを辿ってくれた。

そこで樵の家の子供が見慣れた飾り紐を持っているのに気づいた。聞けば、道の崩れた場所で、木に引っ掛かっていたというのだ。

それは、お兄様の着ていたマントの飾り紐だった。

そこで彼はその崩れた場所、崖《がけ》になっている山道を下りた。

「深い谷底へ続く崖の途中に、ライオネルはおりました。途中の岩で頭を打ち、命を落とした様子でした」

誰も、咳《せき》一つせず聞き入っている。

「もしも、彼が崖から落ちる途中で、そこいらに生えている、木でも草でも摑んでいたら、頭を打つような怪我はしなかったかもしれません」

「ライオネルは何故それをしなかった？」

エイドン伯爵は服のポケットから小さな袋を取り出しコルデ様に差し出した。

「それを握っていたのです。ですから、手が使えなかったのです」

コルデ様が袋を開けると、中から大きなピンク色の宝石が零れ出た。

「これは……」

「馬を売りに来た者は、近くで暴れている盗賊の一味であることがわかり、既に確保しております。これはあくまで私の想像に過ぎぬかもしれませんが、雨の中、盗賊に追われたライオネルは街道をそれて山道を走り、崩れた道から崖に落ちたのでしょう。馬は逃げ、逃げた馬を捕らえた盗賊が売り払った。ライオネルは盗賊に奪われまいと宝石を手に握り締め……、自分の命を犠牲にしても、それを盗賊共に渡すまいとして……」

彼はそこで言葉を切った。

崖を滑り落ちながら、大切に宝石を握り締めるお兄様の姿が浮かぶ。

これを無事届ければ、アレーナ様に気持ちを伝えることができると思って、最後までそれを手放さなかったのだ。

宝飾室へ、初めてコルデ様が入ってきた時、私が反射的に指輪を握り締めてしまったように。この手の中にあれば、奪われることはないと信じて。

「陛下、どうか我が友人にして陛下の忠実な家臣、ライオネルにお言葉を」

コルデ様はゆっくりと目を閉じ、再びその目を開くと一同に聞こえるように大きな声で宣言した。

「忠臣ライオネル・ミントンを、その功績によって侯爵に叙す。不届きな噂はこれで一掃だ！　以後彼を誹謗《ひぼう》中傷する者は厳罰に処す」

その言葉が終わるか終わらないかの時、エイドン伯爵が飛び上がるように走り出て、倒れ込んだアレーナ様を受け止めた。

「姫！」

私も立っていられなくて、その場に座り込みそうになる。

「宴《うたげ》は中止だ。残ることは許すが祝いの言葉は述べるな。私は下がる。誰か、アレーナを奥へ運べ」

エイドン伯爵は完全に気を失ったアレーナ様を抱き上げ、駆けつけた何人かの女性達と共に広間を去った。

「歩けるか？」

意識はあったけれど、私も歩くことはできず、首を横に振った。

「申し訳ございません、私もどなたか……」

「どなたか？　お前を他の者に任せろと？」

皆が見ているのに、彼は私を抱き上げた。

「陛下」

「今、この場でお前を労《いたわ》ることに反対を唱える者はいないだろう。おとなしくしていろ」

さっきまでの冷たい視線が嘘のように、皆が私を見る目には、同情と憐憫《れんびん》と称賛が込められていた。

立派な兄を失ってしまった可哀想な妹、というような。

「もう私達の間には何の障害もない。何もないのだ」

ざわめきが、静かに広がる。

音楽はもう鳴らず、皆が静かに兄を称《たた》えていた。

最後まで立派な男だったのだと……。


広間から連れ出されると、衛士がコルデ様に、替わって自分が運びましょうと言ってきたが彼はそれを断り、私を抱いたまま奥へ向かった。

途中で追いついてきた宰相に、指示を出している時も彼は私を下ろしてくれなかった。

恥ずかしくて、下ろして欲しいと頼んだのに、すぐに見る者もいなくなると言って。

運ばれている間、順序だてて聞いたのに、頭の中はさまざまな想像が駆け巡っていた。

まるでそこで見ていたかのように、お兄様が雨の中を馬に乗る姿、盗賊に追われる姿、崖から落ちる姿。

この手の中にあるものを放せば何とかなると思いながらも、その宝石に続く道の先にアレーナ様を見てぎゅっと握り締めたのだろう。

全ては、認められ、侯爵位を得、アレーナ様の手を取るために。

それを思うと涙が零れた。

最後に、お兄様は誰を想ったのかしら？

アレーナ様と微笑み交わす日を想い描いたのかしら？

だから、用意されていた私の部屋に戻る道ではないことにも気づかなかった。

やっと目を擦り、顔を上げると、私達は見知らぬ廊下を進んでいた。

高い天井は少しアーチ形にカーブし、落ち着いた色合いの絵画が飾られている広い廊下。

「コルデ様、どちらへ……？」

「黙っていろ」

「でも私は自分の部屋へ……」

「お前の部屋には戻さん。お前の兄は立派だった。既にそれは皆に知らしめた。外向きでやることは全て決着がついた。ここからは私の問題だ」

「陛下の……？」

「陛下と呼ぶな」

彼は歩き続け、二つ並んだ扉の奥の方で足を止めた。

「立てるか？」

「はい」

そこでようやく彼は私を下ろし、扉を開けた。

重厚な扉の内側は、アレーナ様のお部屋のような華やかさはないけれど、落ち着いた佇《たたず》まいの美しい部屋だった。

大きなベッドと小さなテーブル。ハイバックの大きな椅子。

「ここは……？」

「私の寝室だ」

「コルデ様の？」

「来なさい」

椅子とテーブルもあるのに、彼は手を取ってベッドの上へと私を座らせた。

ご自分も私の横に座り、深いため息をつく。

「ライオネルのことは……、やはりお前が正しかった。彼は最後まで私の忠実な家臣だった」

「信じておりました……」

「すぐに、ミントン伯爵家にも使いを出そう。彼の葬儀は城で執り行う」

「そこまでしていただかなくても……」

「いいや。彼を疑った全ての者に、ちゃんと知らしめなければならない。彼には嘘も偽りもなかったと。当時の状況に関しては、エイドンにもっと詳しく調べさせよう」

「……ありがとうございます」

コルデ様のお言葉に、また止まりかけていた涙が滲む。

いつかは戻られると信じていた。

けれど、もう生きてお会いすることはないだろうという予感も覚えていた。

兄は、亡くなっていた。

その事実が、コルデ様の言葉でじんわりと実感を持ってくる。

「アレーナ様も、お可哀想ですわ」

「アレーナのことは後でいい。今は私達の話をするためにここへ連れてきたのだ」

「私達？」

横を見ると、彼はじっと私を見つめていた。

「忘れたとは言わないでくれよ？　私がエリセに求婚したことだ」

その言葉にポッと頬が赤らむ。

「忘れてなどおりませんわ」

「それはよかった。では私に返事をくれ」

「今、ですか？」

「今、だ」

彼は頷いた。

「お前と会えなくなった時にも、ずっと考えていた。あのままエリセが実家に戻ってしまったら、ミントンがお前に縁談を持ってきたら、どうして強引にでもお前をつれ去ってしまわなかったのかと後悔さえした。……今となっては行儀よくしておいてよかったとは思っているが」

「まあ、行儀よくだなんて」

「力ずくでさらっていれば、お前の名誉に傷がついたかもしれない。けれど今は何をしてもいいだろう？　全ては片付いた。お前は『侯爵令嬢』となり、『忠義の者の妹』なのだから、私が望むに相応しい者だ。そうでなくても私はお前を望んだがな」

私がコルデ様の隣に立っても、この方を傷つけることはない。

もう誰も、私のせいでこの方を軽んじることはない。

それならば……、返事は一つしかなかった。

「嬉しい限りです。もし、まだ私を望んでいただけるのでしたら……」

恥じらいながら答える私を、言葉の途中で彼は強く抱き締めた。

「エリセ！」

私が想いを寄せていると答えた時と同じように、子供のように喜んで。

「では今すぐ、お前を私のものにすることも、許して欲しい」

言葉の意味を察して、私は戸惑った。

あの時の『先』を望まれているのだ。

「結婚するのにですか……？」

「私達の婚約の発表は、ライオネルの弔いを行ってからだ。結婚となればお前にも準備は必要だろう。それまで待つことができない」

「コルデ様」

「あの時、私がどれだけの忍耐を必要としてお前から離れたかを知れば、早急だとは言わないだろう」

「でも……」

「お前はすぐに『でも』と言うな」

彼は少しムッとした。

「私を愛するならば、お前の返事は一つでいいはずだ」

この方は、少し子供っぽいところがあるのだわ。

落ち着いて、堂々とした立派な方ではあるけれど、それは国王陛下である時だけ。

私の髪を弄って遊んだり、喜びを表に出したり、こうして拗《す》ねるところは、感情に素直で、アレーナ様に似ていらっしゃるのかも。

そしてその純粋さにお兄様が惹かれていたというのなら、私も同じだわ。

王である時もそうでない時も。私を守ってくれた時も、甘えたりからかったりした時も。全てを含めてこの人が好き。

国王陛下への憧れではなく、寂しさを埋めてくれるからでもなく。頼る先、縋る先としてでもなく、コルデ様を愛している。

「……はい。あなたの望むままに」

「よし」

きっと、初めて出会った時から、この優しげな微笑みに魅了されていたのだわ……。


キスは、もう何度かした。

それでもまだ慣れなかった。

強く抱き締められるのは好き。心の強さが、愛情の強さが伝わるようで。

共にベッドの上に座ったまま、強く抱き合って深い口づけを交わすと、幸福が私を包むのを感じた。

もう、何かに囚《とら》われて『いいのかしら？』と悩むことはない。

彼が私を望むことも、私が彼を求めることも、『いけないこと』ではないのだから。

押し倒されたベッドは、宝飾室の長椅子よりも柔らかく私を包んだ。

千々に乱れて広がる髪をすくい上げ、彼がその先にキスをする。

「はちみつ色の髪、とライオネルは言っていたが、私は午後の柔らかな日差しのようだと思っていた。触れたら温かいのではないかと」

髪を放した手が、ドレスに掛けられる。

「実際は甘くも温かくもなかったが、お前の匂《にお》いがした。優しい花のような」

一つ一つ丁寧に留めを外し、リボンを解いてゆく。

「私を誘うような香りだった」

その度、私の心臓は鼓動を速めていた。

「だが、一線を越えて手を伸ばすほどには心は揺さぶられていなかった」

ドレスが緩む。彼を求める身体が、解放されてゆく。

他ならぬ彼の手で。

「メルチェットのパーティへ行ったのは、親友の自慢の妹を見てみたかったからだ。会って、兄を思う優しい妹、美しい娘、少し気が強いが押しが強いわけではない。毅然《きぜん》とし、頭もよいが、どこか幼い危うさのある娘と興味を持った。アレーナが王城にお前を呼んだと聞いて、ここでなら私の正体を明かしてもいいだろうと、あの部屋へ行った」

ドレスが解かれる間、私は身じろぎもせず、語る彼を見ていた。

私について語ってくれる言葉の一つ一つが、甘く心に染みるから。

「話をして、興味を持ったし、好意も抱いたが、王が手をつけるという意味の重大さを自覚していたから、からかうだけで済ませていた」

「やはりからかってらっしゃったのですね」

「お前は、自分で思っているよりも反応が面白いぞ。すぐに顔に出る」

クスリと笑った顔は、言葉よりも私を甘くする。

「だが、どうしてもお前が欲しくなったのは、お前の涙のせいだ。強く、聡明なお前が、なりふりかまわず涙を流している姿を見て、『私のエリセ』を泣かせたのは誰だ、と思ってしまった。私にも見せたことのない顔をさせているのは誰だ、と」

「あれは……」

「同時に、お前がか弱い娘で、それを必死に繕っている健気《けなげ》さに気づき、私が守りたいと思った。もう、こんな顔で泣かせたくないと」

「……それほど私の泣き顔は酷かったでしょうか？」

「そうではない」

ああ、また笑う。

「次に号泣する時には、私の胸で泣け、ということだ」

すっかりドレスを緩めてしまうと、彼は自分の礼服を脱ぎ出した。

厚い上着を脱ぎ、シルクの白いシャツになり、それもまたボタンを外して脱ぎ去る。

王族の肌は滅多な者に見せてはならないという不文律もさることながら、家族以外の男性の身体を見るのは初めてだったので、自分とは全く違う、引き締まった筋肉質の身体にドキドキしてしまう。

「今日は、泣いてもいいぞ。私の腕の中だ」

「もう泣きませんわ」

「では『啼《な》かせて』やろう」

「意地悪をすると言うのですか？」

「その意味がわからず問いかけるのは、悪くないな」

ご自分の笑顔が私に有効だとわかっているのかしら、彼はよく笑う。

それとも、私が過敏に反応しているだけかしら？

「うつ伏せになれ、背中のボタンを外す」

「……はい」

身体をひねってうつ伏せになると、最後の留め具であるボタンが外される。

これでもう、ドレスは身体に纏わり付いているだけのただの布と化す。

下に、アンダードレスは着ているけれど、それはドレスよりも簡単に彼の手を迎え入れてしまうだろう。

「あ……」

ボタンを外したドレスを開いて、背中に指が這う。

キシリ、と小さな音がして、彼が体重を移動させたのがわかる。

もっと、私に近いところへ来たのだ。

それを伝えるように、背に広がる髪をかき分ける指よりももっと柔らかいものが触れてくる。

唇だわ。

たったそれだけで、鳥肌が、背中だけでなく首筋や腕や、足にも広がった。

「今日は、この全てが私のものだ」

一段低く呟いた力強い声に、私の中の何かが悦びに打ち震える。

望まれる喜びとでもいえばいいのか。

女性として、恋をしている者としての喜びだ。

羽化する蝶《ちょう》のごとく、ドレスというサナギの殻を置き去りにして、私は彼に抱き起こされる。

後ろ向きのまま彼に抱かれる私の前には、抜け殻のドレスが置かれていた。

今までの自分を脱ぎ捨てたみたい。

後ろめたさや、不安や、戸惑い。少女の、恋を知らない私の残骸《ざんがい》。

「エリセ……」

背後から前に回ってきた手が、アンダードレスを落とし、露になった私の胸を摑む。

「あ……」

背中に直接感じる彼の肌、彼の熱。

「ん……」

胸を摑んだ手が動きだし、私の肉を揉む。

軽く力を入れ、緩め、また力を入れ。

胸の先に触れた人差し指だけが、別の動きを始め、そこを弄る。

長い指は器用に先だけに特別な刺激を与えた。

最初はその指に潰されそうに柔らかかった場所は、弄られるに従ってだんだんと硬さを帯び、やがてツンと上向いて、指に弾かれるほどになる。

首筋に彼のキス。

嚙み付くように、開いた口が合わさり、舌が濡らす。

「ア……、や……」

今や、私の身体はどこもビリビリと緊張し、痺れ、何かが触れる度に身体の中にまでその刺激を伝えていた。

彼が直接触れる胸や首だけではない。耳にコルデ様の乱れた髪が当たるだけでも、胸が締め付けられる。

私とは髪質が違うから、それとわかってしまうのだ。

背に当たる身体も、硬くて、動く度に肌が擦れるのが待ち遠しい。

私達は違うものなのに、こんなにも近くに寄り添い、これから一つになろうとしているのだと意識させて。

「あ……、ぁ……」

漏れる声が止まらない。

息をしようとすると、彼の手が動き、ハッと一瞬息を止めてしまうせいで呼吸が乱れているのに、声を出してしまうから苦しくなってくる。

息が足りないからか、軽い目眩も感じた。

優しかった他の動きがだんだん激しくなってきて、身体ごと揺さぶられているせいかも。

身を預け、背後の彼に寄りかかる。

背の高いコルデ様は寄りかかった私に上から覗き込むようなキスをした。

「熱くなったな」

絡んだ舌を引きはがして、彼が笑った。

「暑い……ですわ……」

身体の熱は上がり、頬も上気してきた。

答えたのに、彼はまた笑った。微笑みではない、からかうような笑みだ。

「お前と私の間に言葉の齟齬《そご》があるのが可愛いな」

と意味のわからないことを言って。

アンダードレスも、ドレスのスカート部分も、まだ私の身体に残っていた。

起こされた身体の腰の辺りに溜《た》まっていた。

それが彼の手が下に向かうのを阻む形になっていたのだけれど、キスした後にコルデ様はもう一度私を抱き上げ、最後の砦《とりで》となっていた布の塊を奪い去り、ベッドの外へと追い落としてしまった。

もう、私を包むものは何もない。

裸体を隠すのは自分の腕だけだ。

「エリセ」

今度は向き合ってキスして、ゆっくりと身体を支えてくれながら私を倒す。

肌に当たるシルクのシーツは、私達の熱を帯びたのか、冷たくはなかった。

「お前を、必ず幸せにしてやる。これから流す涙は、全て悦びの涙だ。我が友ライオネルに、それを誓おう」

そして彼は豹変《ひょうへん》した。

「あ……っ！」

慎《つつ》ましやかな貴公子ではなく、凛々しい王でもなく、悪戯な子供でもない。

飢えた獣のように私に襲いかかり、肉に食らいついた。

「あ……、や……っ」

牙《きば》を立てず私の身体を食《は》み、爪《つめ》を立てずに私の肉を摑む。

先ほどの愛撫《あいぶ》で力を失った私は、荒々しい彼のなすがままだった。

指が、敏感な部分を探す。

舌が、味わうように肌を濡らす。

目眩と、落ちてゆくような感覚が怖くて彼にしがみつく。

「脚を」

と言われ、内股に滑り込んだ手が脚を開く。

コルデ様は場所を変え、脚の間に座った。

彼のせいで閉じられなくなってしまった脚の真ん中へ、指が進む。

「……あ……っ！」

そしてそこにたどり着く。

彼の指が届いた場所は、もう既に溢れる蜜で濡れていた。

彼の愛撫で痺れるような疼きを感じる度に、そこから快感が形を持って溢れ出てくるのはわかっていたのだ。

「ひ……ぁ……っ」

長い指が、中へ差し込まれる。

「や……っ、そんな……」

激しい動きで、中をかき回す。

「コルデさ……ま……っ」

「コルデでよい。私を呼び捨てにできるのはお前だけだ」

「……コルデ……」

いやらしい蜜音を響かせて彼は柔らかな入り口を弄んだ。

浅く入れ、深く入れ、中をかき回し、外を撫で。

その度に私は声を上げ、背をのけ反らせ、彼の身体に爪を立てた。

「あ……、や……っ。あ……ン……」

その間も、舌は胸を愛撫し、その様が目に入ると、触感ではないものが私を責める。

ゾクリとして、中に残る彼の指を締め付ける。

「腕を放せ」

と命じられ、私は彼の肩を摑んでいた腕を放した。

軛《くびき》が外れたように、コルデ様は身体を起こし、二人の間を隔てていた最後の布、彼のズボンの中から肉塊を取り出した。

一瞬、目が合って、彼が笑う。その表情を、何と言えばいいだろう。

怖いような、艶《つや》っぽいような、困ったような、喜んでいるような、複雑な笑み。

でも好きな顔だわ。

初めて会った時から、私は彼の微笑む姿に惹かれている。

どの微笑みも、全てが私の心を捉えてしまう。

今も、その複雑な笑みは、私がこれから『されること』を悦びに変える力を持っていた。

「力を入れるな」

熱い肉塊が私の蜜に濡れる。

その様は視界には入らないけれど、感覚が教えてくれる。

「息を吐け」

彼の一部が、私を求めて鎌首《かまくび》を上げ、それを手で制御しながら埋め込もうとしているのだ。

「辛かったら声を出していい」

ぴたり、と濡れた肉同士が密着する。

「私にしがみついて、爪を立ててもいい。暴れてもいい」

柔らかくなった場所にじりじりと入り込んでくる。

「……あ……」

彼が、私の中に『来る』。

「泣いてもいい。だが流す涙は悦びの涙にしろ」

そして一気に、その身を沈めた。

「あァ……ッ！」

痛みではなく、衝撃のようなものが生まれ、全身へ散ってゆく。

火花のようにチカチカと瞬きながら、私の身体の内側を新しい感覚が占領してゆく。

「コルデ……、コルデ……」

求めて宙に伸びた腕を、彼が捉えて自分の身体に引き寄せた。

彼が身体を揺らすから、たどり着いた身体に指を立て、必死に振り落とされないようにするのだけれど、揺れが私の力を奪う。

彼が、奥に当たるほど深く身を沈めると、その揺れは私を翻弄《ほんろう》する快感の波になった。

「あ……、あ、あ。や……、いや……っ。奥……」

手をついて、前のめりに身体を倒したコルデ様の顔が視界を塞ぐ。

「あ……や……ッ。頭が……おかしく……」

さざ波が、何度も打ち寄せる度に大きな波になってゆくように、甘い疼きは何度も打ち寄せる度に大きな快感へと変化する。

彼に突き上げられる度にゾクゾクと首の後ろがざわつき、摑んだ彼の身体に爪を食い込ませてしまう。

自分もいつの間にか彼の動きに合わせて身体を揺らし、同じ揺らぎの中に揺蕩《たゆた》う。

「エリセ……」

苦しげに私の名を呼んだ彼が、目の前にいた。

唇の端を持ち上げ、微かに笑った。

ああ……、このお顔が好き。

「愛している」

近づいて、唇が重なり、キスしたまま、また突き上げられる。

もう敏感でないところなどどこもなく、どこもかしこも『彼』を感じている。

その中でも一番彼を感じていた場所が、悦びに震えて『彼』を締め付けた。

「ン……、ンン……ッ！」

トクン、と胸が鳴る。

身体が弾けるように、意識が飛散する。

唇が離れ、声が出せるようになると、私は呼吸を求めるように、飛散する感覚をつなぎ止めるように声を上げた。

「ああ……っ！」

それと、私の中でどろりとした熱が弾けるのは同時だったと思う。

多分。

それをよく覚えていないのは、きっとそこで私の意識が薄れてしまったせいだ。

怖いくらいの快感に、何もかもを手放してしまったせいだろう……。


お兄様との最後の面会は、叶《かな》わなかった。

長い間野ざらしにされていたご遺体は、私が見るには辛いだろうと、駆けつけたお父様が判断なさったのだ。

でも、アレーナ様はお会いになったらしい。

コルデ様が止めたにもかかわらず、遺体に手を触れ、ご自分の髪を一房切って柩《ひつぎ》に入れてくださったそうだ。

気丈で、気高い王女様。

ああ、本当に、もしもお兄様が生きて戻られていたら……。

アレーナ様は、私のところにもいらして、心からの謝罪を口にし、頭を下げてくださった。

王族が頭を下げてはいけませんと言ったのに、彼女は人として頭を下げるべきことをしてしまったのならば、王族も何も関係ありませんとおっしゃった。

「それに、エリセ様は私が頭を下げても不自然ではない方になられるのでしょう？」

と微笑《わら》った。

その微笑みは力ないものだったが、優しく、温かな笑みだった。

そして、その胸には、赤い薔薇のブローチが輝いていた。

この方を、やはり恨むことはできない。どんな仕打ちを受けていたとしても。

それを『酷い』と思えば思うほど、それほどまでにお兄様を愛してくださったのだと感じるだけだったから。

お父様は、お兄様に代わって侯爵位を受け、私は伯爵令嬢から侯爵令嬢へと立場を変えた。

だがそれも、お兄様の喪が明ければ、再び違うものに変わるだろう。

コルデ様が、お兄様の葬儀の際、居並ぶ賓客の前で宣言なさったから。

「ライオネル。お前の忠義と友情に応えて、私はお前の妹を私の妻に迎えよう。その命を捧《ささ》げるに相応しい王となり、お前のために健気に世間の中傷に耐えたエリセこそ、この国の王妃として相応しい女性として迎えよう」

ここでそんな発表をするとは伺っていなかったので、私も驚いた。

アレーナ様も聞かされてはいなかったそうだけれど、すぐにその言葉を受けて「私もそう思いますわ」とお言葉をくれた。

長い、時間だった。辛い時間だった。

悲しい日々だった。

けれどそれもすぐに遠い記憶となるだろう。

私は今、アレーナ様のお側に部屋をいただき、彼女に宮廷のお作法を習っている。

時折、お兄様の話をするために訪れてくれるエイドン伯爵は、アレーナ様にもその話をしていた。

もしかしたら、あの方もアレーナ様をお好きなのかもしれない。

報告の時にお倒れになったアレーナ様を抱きかかえた素早さは、そう思わせるものがあった。

コルデ様は、許可を得ずに時々私の部屋を訪れる。

そしてその度に私をこう言ってからかった。

「愛妾になれば、この語らいの時間はなかったのだぞ。王妃となることを決めてよかっただろう?」

と、私の大好きな笑顔を見せて……。

FIN

私だけの恋

「私は最初反対したのだ。アレーナにはライオネルはもったいないと」

正式な婚約が整い、王城の私の部屋にはこうしてコルデ様が訪れることが許されるようになると、彼は仕事の合間によく顔を出すようになった。

午後のひと時、新しい侍女に運ばせたお茶を嗜《たしな》みながら、こうして二人語らう時間は、私にとって至福だった。

以前私についていた侍女のアンナは、本人からの辞退もあって、私の担当から外れた。代わって、今の侍女のレイナは、私が実家から連れてきた娘で、気心も知れている。

コルデ様がいらっしゃらなければ私の話し相手として、いらっしゃればお茶を置いて呼ぶまで近づいてこない。

なので、人に聞かれたくないような話もゆっくりできる。

「お兄様にアレーナ様がもったいない……？」

「違う、逆だ。アレーナのようなジャジャ馬に、有能なライオネルはもったいないと思っていたのだ」

今日は、ずっと聞きたかったお兄様とアレーナ様のことを尋ねてみた。

「アレーナ様がジャジャ馬だなんて」

「馬も乗る」

「私だって馬ぐらい乗りますわ」

「剣も使う、弓も引く。お前もするか?」

「……さすがにそれは」

「ドレスのまま走るし、子供の頃は木にも登った」

「木に、ですか?」

私は驚きに声を大きくした。

私から見たアレーナ様は、お気の強い方ではあるけれど、王女然として気品のある美しい姫君なのに。

「今はおとなしくしているが、私ならばあんな女性を妻にしたいとは思わないな」

コルデ様はそう言って肩を竦《すく》めた。

「お兄様は、それを知らなかったのでしょうか?」

「いや、知っていた。私が話をしたから」

「ではその活発なところを好きになったのかしら?」

「ライオネルがアレーナを好きになったのは、あるガーデンパーティの時だった。ブロックス公爵のパーティだったかな? 慈善の寄付を募るパーティで、子供もいた」

　彼はその時を思い出すように視線を遠くへ向けた。

「はしゃぎ過ぎた子供が、アレーナにぶつかって、ドレスに飲み物を零《こぼ》したのだ」

「まあ」

「アレーナはそのすぐ後に挨拶《あいさつ》をする予定だった。着替える時間もなく、どうするか皆が慌てている中、あれは汚れたドレスのまま壇上に立ち、何事もないように挨拶をした。その姿に惹《ひ》かれたらしい」

「ご立派ですわ」

「めんどうだっただけだろう」

　どうやら、コルデ様は妹君には辛口らしい。

「でも私でしたら、きっとおろおろとしてしまいましたわ。汚れたドレスでは失礼にならないか、とか」

「気の強い娘だからな、ドレスが汚れていることを指摘した者に、『私のスピーチもまだまだですわね、他のことに気を取られてしまうようでは』と笑ったらしい」

「その席に私もいたら、きっとアレーナ様に憧《あこが》れたでしょうね。お兄様がアレーナ様に惹かれた理由はわかりましたけど、アレーナ様ほどの方がお兄様のどこを気に入られたのでしょう？　私には優しく立派な兄でしたが、アレーナ様の周囲にはもっと素敵な方が大勢いらっしゃるのに」

「よくわからないが、最初から気に入ってはいたようだな。ライオネルは、真面目で、物静かで、頭のいい男だったから。ああそうだ、しつこくライオネルのことを尋ねてきたのは、あれがライオネルに叱《しか》られた後だった」

「叱る？　王女様をお兄様が？」

そんな恐れ多いことを。

「アレーナが新しく納入された馬に乗りたいと、裸馬に乗ろうとしたらしい」

裸馬というのは、乗馬のための馬具を載せぬ馬のことを言う。

鞍《くら》も手綱もアブミもない馬に乗るのは、きっと私には無理だろう。男の方でも、危険なことだ。

「偶然その場に居合わせたライオネルにこっぴどく叱られたらしい。危険なことをして何かあったらどうするのか、王女として自分の身体《からだ》を大切にすることが務めだろうと」

「お怒りになったのでは？」

私も、一度アレーナ様をお諫《いさ》めしたことがあったが、酷《ひど》く怒られてしまった。

あの時はまだ、彼女は私を嫌っていた頃だったからかもしれないが。

「怒って、か……。どうだったかな？　誰もが唯々諾々《いいだくだく》で自分に従う中、理路整然と叱りつけたライオネルが新鮮だったんじゃないか？　その後から、時々私達のお茶に同席するようになって、少しおとなしくなった。だがどうして今頃そんなことを？」

「それは……、お兄様がどのような恋愛をしてらしたのか、ちょっと興味があったからですわ。本人は何も話してくれませんでしたし」

「離れて住んでいたからだろう。近くにいればきっと相談したさ。それより、コーラム公爵からパーティに誘われたそうだな？　出席するのか？」

「ええ、アレーナ様がご一緒してくださるそうなので」

コルデ様にはお兄様のことを口にしたけれど、本当はそうではなかった。

どうして今更こんなことを訊《き》きだしたのかというと、アレーナ様のことが気になっていたからだった。

お兄様の愛した女性。

これから私の義妹《いもうと》になる女性。

彼女がお兄様に好意を抱いてくださることは本当に嬉《うれ》しいけれど、もうお兄様はいない。

彼女には、新しい出会いを求めて欲しいと思っていた。愛する人を失った悲しみを、早く払拭《ふっしょく》して欲しいと。

そう思ったのは、一人の男性の存在があってのことだった。

お兄様の友人であるというエイドン伯爵だ。

エイドン伯爵は、お兄様を見つけてくださった方だった。

お兄様の死の報告を受けた時、私もショックだった。

けれどアレーナ様は私以上にショックを受けて、その場で気を失われた。

その時、エイドン伯爵は倒れるアレーナ様を抱きとめ、お支えしたのだ。

その時は、気の付く方としか思わなかったのだけれど、後日、彼が私のもとへお兄様の話をしにいらしてくださった時、あっと気づいた。

同席したアレーナ様のことをちらちらと見ていることに。

お兄様の最後の様子を話す時も、私にというより、アレーナ様のショックにならないようにと気遣《きづか》っているふうでもあった。

王女様なのだから、気遣うのは当たり前なのかもしれないけれど、『もしかして』と思ってしまったのだ。

ではアレーナ様はどうなのだろう?

お兄様を好きになったように、エイドン伯爵にも目を向けるかしら?

おせっかいだと知りつつも、私は何度かエイドン伯爵を招き、その度にアレーナ様もお呼びした。

そしてエイドン伯爵のお気持ちに確信を持った。

この方は、アレーナ様に少なからず好意を持っていらっしゃる、と。

訪ねてくださる度、お兄様の話をしてくださるエイドン伯爵は、お人柄もいいし、お兄様を見つけ、宝石を取り戻した功績で、彼も近々侯爵位をいただくのではと噂《うわさ》されていた。

それならば、アレーナ様のお心をお慰めするのにぴったりのお相手ではないかしら?

自分が幸せだから、自分の周囲の方々にも幸せになっていただきたい。

私の思い違いであっても、お二人ならば友情を育むことができるかもしれない。

アレーナ様の、お兄様を失った悲しみを和らげていただけるかもしれない。

そんなことを考えるようになったのだ。

かと言って何ができるわけではないのだけれど。

ただ、少しでも物事がよい方へ向かうのならば、お手伝いをしたい。

そのためには、ご本人の気持ちを確かめなければ。

なので数日後、アレーナ様が公務で同席できない時に、私はそのことをエイドン伯爵本人にお話ししてみた。

伯爵はお兄様がアレーナ様に想《おも》いを寄せていたのを知っていたのではないか。そしてあなたも同じお気持ちだったのではないかと。

「伯爵は、兄がアレーナ様に想いを寄せていたのをご存じだったのではありませんか?」

他愛のない茶のみ話が途切れた時、突然切り出した私に、伯爵は優しげな茶色の瞳《ひとみ》を丸くして驚いた。

「あなたがご存じとは知らなかった。ライオネルが話したのですか？」

「いいえ、コルデ様から少し……。ということはエイドン様はご存じだったのですね」

「ええ。実は、私達……、ライオネルと私は共にアレーナ様に焦がれる身だったのです」

やっぱり。

「お二人とも、そのことをアレーナ様には……？」

「もちろん、言えませんよ。けれどライオネルは諦《あきら》めてはいませんでした。彼はお父上の代から王家とも親しくしているし、ライオネル自身陛下の親友でしたから」

「エイドン伯爵は、諦めてしまわれたのですか？」

「アレーナ様の視線が、誰を追っているか、気づいてしまいましたから」

彼は目を細めて笑った。

「二人で、アレーナ様のことを語っている時は楽しかった。まるで子供が夢を語っているようで」

彼は往時を思い出すように遠い目をした。

コルデ様もそうだったけれど、男の方は過ぎた日々を思い起こす時、いつも遠い目をするのね。

まるで過ぎた時間がそこに映し出されているかのように。

「あなたのお兄さんは、アレーナ様の気高さを愛していた。でも私は彼女の少し手に負えない元気なところが好きだった。お互いに、いかに彼女が素晴らしいか、あんな王女を頂ける自分達は幸運だと話していました」

「恋をなさっていたのですね」

「恋ですか」

彼は困ったような顔をした。

「せめて好意を寄せた、にしておいてください。身分が違い過ぎる」

「では、エイドン伯爵は、アレーナ様に告白することを考えてはいないと？」

「どうしてそのようなことを？」

問い返されて、今度は私が困る番だった。

でもごまかすつもりはなかった。

「気落ちしたアレーナ様をお慰めできる方がいらしたらよいと思ったからです。もう兄はおりませんもの。もしここに兄がおりましたら、私は兄の味方だと宣言したのですけれど」

「ライオネルはもういない、か……」

ああ、ほらまた。

私は、亡くなったお兄様を想う時、自分の心の内にある思い出を取り出すように思いを馳《は》せるけれど、彼等《かれら》はそこにあるかのように思い出を見つめているのね。

「もしも、兄に遠慮なさっているのでしたら、その心配はない、と申しますわ。兄は、自分の友人や愛する方が悲しみの中にいるよりも、幸福になってくれる方を望むと思いますから」

「確かにそういう男でしたね」

それから、少し考えるようにして彼は口を開いた。

「つまり、エリセ様は私を焚《た》き付《つ》けていらっしゃるわけだ」

「焚き付けるだなんて……」

世話を焼き過ぎると言われたようで、恥ずかしくなり目を伏せる。

「そうですね。あなたに他意はない。ただ受け取る側の気持ちだ。誰かに背中を押してもらえなければ動けない私の」

私、出過ぎたことを言ってしまったのね。

こういうことは、他人が口を出すことではないのに。

浮かれていたのだわ……。

「私は、ライオネルの真剣さを見て、自分の気持ちを消してしまった。アレーナ様には手が届くはずがない、もし手が届くならライオネルぐらいだろうと。でも、想う気持ちまで消す必要はなかった。エリセ様に勇気をいただいて、これからは少し、あの方の心を慰めることができるように努力してみます。ライオネルに遠慮せずに」

エイドン伯爵はそう言って、ふっ切れたようににこっと笑った。

そのお顔が、どこかお兄様に似ている気がした。

「けれどこれからは、どうぞ遠くから見守るだけにしてください。でないと、あなたを頼る不甲斐《ふがい》ない男になってしまう」

「もちろんですわ。今反省いたしました。こういうことは他人が口を挟むべきではないと」

「ですな。エリセ様はご自分のことだけをお考えになってらっしゃればいい。王妃となれば、幸せに酔いしれるだけではいられませんから。私も遠くから、兄のような気持ちであなたをお支えできるよう頑張《がんば》ります」

「頼もしいお言葉ですわ」

会話が終わり、私がテーブルの上のお茶のカップに手を伸ばした時、ドアをノックする音が聞こえた。

レイナかしら？

「どうぞ」

声に応えてドアを開けて入ってきたのは、侍女のレイナではなく、コルデ様だった。

「これは陛下。お邪魔しております」

私もエイドン伯爵もすぐに立ち上がって礼をする。

「来ていたのか、ビィラム」

コルデ様が伯爵をファーストネームで呼ぶから、彼もまた信任の厚い方なのだとわかる。

「は、未来の王妃様のお時間を拝借して申し訳ございません」

「いいえ、私がお呼びしたのです。お兄様のお話が聞きたくて」

コルデ様は空いていた椅子《いす》に腰を下ろした。

「ライオネルを偲《しの》ぶのもいいが、ビィラムにも仕事があるのだぞ」

「はい、申し訳ございません」

「仕事の方はこれから向かいます。それではエリセ様、私はこれで」

「御足労いただいて申し訳ございませんでした」

「いえ。では陛下、私は仕事に戻らせていただきます」

「ああ」

エイドン伯爵は、コルデ様にもう一度会釈をし、コルデ様と入れ替わるように出て行った。

「お茶をお飲みになります？　レイナに新しいものを運ばせますわ」

「いらない」

「ではワインなど？」

「何もいらん。エリセ、こちらへ」

呼ばれて、私は座っていた椅子よりもコルデ様に近い場所へ席を移そうとした。

けれどコルデ様は私が椅子に座る前に私の腕を取り、グイッと引き寄せて膝《ひざ》の上に乗せた。

「すみません、失礼を」

「失礼じゃなく、私が望んだのだ」

「でもコルデ様の膝の上なんて……」

「ベッドの上に座らせたいところだが、まだ陽が高いからこれで我慢してやるだけだ」

ベッド、という言葉が出て顔が赤くなる。

その先の意味を知っていたので。

「ビィラムをよく呼んでいるようだな」

「エイドン伯爵ですね？　はい。お兄様を見つけてくださった方ですし、とても仲がよろしかったというので」

「ああ、あの二人は文官としても剣士としても優秀で、互いに競い合っていた。ライオネル亡き後、宰相に登用する可能性の高い男だ」

「まあ、宰相に?」

「五人のうちの一人だがな。私はたった一人の宰相に頼ることは危険だと思っているから」

「でも、あの若さで宰相に選ばれるなんて、すごいことなのでしょう?」

「今すぐではない。まだ先の話だ」

「それでもすごいですわ」

お兄様に似ている、と思ったお兄様の友人が宰相になる。

それはとても素敵なことだわ。

それに、宰相ならばエイドン伯爵の恋にも可能性がある。

「……嬉しそうだな」

「はい。もちろん」

「気に入らない」

「……は?」

「お前が他の男のことでそのように喜ぶ顔をするのが、気に入らないと言っているんだ」

気が付けば、コルデ様は不機嫌そうな顔をしていらした。

私を膝の上に座らせながら、肘掛《ひじか》けに肘をつき、不満げに口を歪《ゆが》めている。

「あの……、コルデ様?」

「ライオネルやミントン伯爵は、お前を甘やかして育てたのだろうな」

「何かお気に障ることをいたしましたでしょうか？」

彼の不機嫌の理由がわからず、そっと問いかける。

「男と二人きりで会うことが危険だと教えてもらわなかったのだろう」

「まあ……、そんなことはございませんわ。ちゃんとわかっております」

「では何故《なぜ》ビィラムと、頻繁に会うのだ？」

「兄の話を聞きたいからと申し上げたではありませんか」

「ビィラムも男だぞ」

叱るようなその言い方に、思わず笑ってしまった。

だって、ここは王城の奥。エイドン伯爵が不埒《ふらち》な真似《まね》などするはずがないのに。

「何がおかしい？」

「心配し過ぎですわ。エイドン伯爵は、私を兄のように見守るとおっしゃってくださったくらいですのよ？」

「お前は自分が美しいことを知らないのか。男の心を惑わせるのに十分な魅力があるのだと、言われたことはないのか？」

褒められるのは嬉しいけれど、やはり笑ってしまう。

「それほどのものはございません」

「……やはり甘やかされているな。私を魅了したのを忘れたか?」

彼は私の腰に腕を回し、抱き寄せた。

膝の上に座っているだけだった身体が、彼の胸へ倒れ込む。

「あの宝飾室で二人きりで会っている時には、他の男のことなど気に掛ける必要はなかった。だがこうしてお前を外へ連れ出し、他の男達の目に触れるところにいると思うと、気が気でならない」

「コルデ様……」

「ビィラムに微笑《ほほえ》みかけることを禁止したいくらいだ」

どうやら本気で怒ってらっしゃるようなので、私はここで白状しなければならなかった。

どうして伯爵をここに呼んでいるか。

「本当に、エイドン伯爵は私など相手になさいませんわ。伯爵が想われてる方はアレーナ様なのです。ですから、そのことをお話しするためにここへあの方をお呼びして……」

「それは彼がお前に会う前の話だろう。お前の魅力に気づいたら、乗り換えるかもしれない」

「私にそれほどの魅力など……」

言葉を奪うように、彼の唇が私の唇に重なる。

「お前を愛するということが、これほど心配の種を生むとは思わなかった。できることなら、お前を誰の目にも触れさせず閉じ込めてしまいたい。だがそれではエリセの素晴らしさを知らしめることができなくなる。難しいところだ」

「……本気で言ってらっしゃるの？」

「当たり前だろう」

コルデ様は真剣な眼差《まなざ》しで私を見つめた。

まるで駄々っ子のようだわ。

こんなことを心配なさるなんて。

でもその子供っぽいところも好き。

エイドン伯爵の言うとおり、私は他の人のことを考えているよりも先にやるべきことがあるようね。

でもそれは王妃としての心得ではなく、恋をする者の心得を学ぶこと。

コルデ様が私を望む時に、どう応えるべきかを考えなくてはならないことね。

「私の方が、王城内の美姫《びき》にあなたの目が奪われないかどうか心配ですわ。でも、あなたは今私の手の届くところにいらっしゃる。私も、あなたの膝の上です。でしたら、今するべきことは、互いに心配をするよりも、一緒にお茶をいただくことではありません？」

「お茶？」

「今はまだ陽が高いですから」

彼の言葉を使って言い返すと、コルデ様は意地悪そうににやっと笑った。

もう大人の男の人の顔で。

「では夜だったらどうする？」

「陛下のお望みのままに。だって、私はコルデ様のものですから」

「いいだろう。だがその前に……」

もう一度、彼が私を抱き締めて口づけた。

「長椅子へ移動することにしよう。私は茶よりお前の方が所望だ」

「お……、お待ちください。まだ陽が高いと……！」

恋をするのはこの方が初めて。

だからきっとこれからたくさん学ばなくては。

この方のヤキモチや、イジワルにどう対処するか。

とてもではないけれど、他の人の恋など考えている余裕はないのだわ。

「コルデ様……！」

自分の恋に翻弄《ほんろう》されてるうちは……。

FIN

あとがき

皆様、初めまして。もしくはお久しぶりでございます。火崎勇《ひざきゆう》です。

この度は『王の愛妾』をお手にとっていただき、ありがとうございます。

そしてイラストの池上紗京《いけがみさきょう》様、素敵なイラスト、ありがとうございます。担当のS様、お世話になりました。

今回のお話はいかがでしたでしょうか?

全てをハッピーエンドにはできなかったお話でした。

コルデとエリセは全てを乗り越えて幸福を手に入れることができましたが、ライオネルとアレーナについては、悲しい結末となってしまいました。

想う相手を両想いだったことも知らず亡くしてしまったアレーナも可哀想だったので、つい彼女にも次の恋が待っている、と匂わせることにしました。

遠からず、彼女も新たに幸福を得られるので、ご安心ください。

そしてコルデとエリセ。

これから暫《しばら》くはライオネルの服喪で結婚ができず、コルデにとっては『お預け』状態。

なので、結婚は決まっているのに、コルデはこっそりとエリセの部屋へ通うことになり

ます。おとなしく我慢できないので。（笑）

　婚約状態が続いて辛いのに、もしもエリセに言い寄る男が現れたら大変です。婚約は発表しているので、国内にはそんな人物はいないでしょうが、外国から現れてしまったら……、コルデの嫉妬は大変です。またエリセが甘くて酷い夜を迎えることに。

　一方、『お兄様への贖罪《しょくざい》だけであなたと婚約したのよ』なんて女性が現れると、意外にもエリセは立ち向かう気がします。そこで引け目を感じてしまうと、自分を求めてくれたコルデを信用していないことになるから。

　彼女は芯の強い女性なので、きっと王妃には相応《ふさわ》しいでしょう。だからこれから二人は安泰です。

　それではそろそろ時間となりました。またお会いする日を楽しみに、皆様ご機嫌好《よ》う。

『王の愛妾』、いかがでしたか？

火崎《ひざき》 勇《ゆう》先生、イラストの**池上《いけがみ》紗《さ》京《きょう》先生**への、みなさまのお便りをお待ちしております。

火崎 勇先生のファンレターのあて先

〒112-8001 東京都文京区音羽2-12-21 講談社 文芸第三出版部「**火崎 勇先生**」係

池上紗京先生のファンレターのあて先

〒112-8001 東京都文京区音羽2-12-21 講談社 文芸第三出版部「**池上紗京先生**」係

N.D.C.913　254p　15cm

火崎 勇（ひざき・ゆう）
1月5日生まれ
東京都在住
趣味はジッポーのオイルライターの収集
著作多数

講談社X文庫

white heart

王《おう》の愛妾《あいしょう》

火崎《ひざき》 勇《ゆう》

●

2016年12月5日　第1刷発行

定価はカバーに表示してあります。

発行者――鈴木　哲
発行所――株式会社 講談社
東京都文京区音羽2-12-21 〒112-8001
電話 編集 03-5395-3507
販売 03-5395-5817
業務 03-5395-3615
本文印刷―豊国印刷株式会社
製本―――株式会社国宝社
カバー印刷―豊国印刷株式会社
本文データ制作―講談社デジタル製作
デザイン―山口　馨

ISBN978-4-06-286930-0

ホワイトハート最新刊

王の愛妾

火崎 勇　絵／池上紗京

この愛は許されないものなの？　伯爵令嬢エリセは、兄への嫌疑のため「罪人の妹」として王城で仕えることに。周囲の冷たい仕打ちに耐えるエリセに、若き国王コルデは突如、求婚してきて……!?

龍の伽羅、Dr.の蓮華

樹生かなめ　絵／奈良千春

美坊主、現れる!!　眞鍋組が眞鍋寺に!?　美貌の内科医・氷川諒一の前に、ロシアン・マフィアのウラジーミルが恋人・藤堂を取り戻すために現れた。しかし、藤堂は坊主になるため高野山へ向かっていた!?

赤の雫石～アレクサンドロスの夢～

欧州妖異譚14

篠原美季　絵／かわい千草

血とひきかえに願いを叶える指輪とは。撮影でエジプトを訪れたモデル志望のスーザン。砂漠でのロケ中、古い指輪を拾った彼女に、運が向いて来たかと思われた。だがその指輪は、幸運の指輪ではなかった。

事故物件幽怪班　森羅殿へようこそ

伏見咲希　絵／音中さわき

いわくつき不動産、まとめて除霊いたします。大手不動産会社には、事故物件に対応する特別チームがある。地獄の宮殿『森羅殿』の名を冠したその事務所には、今日も特殊な苦情が舞い込んで……。

ホワイトハート来月の予定（12月26日頃発売）

VIP 残月 …………………………………… 高岡ミズミ

秘蜜の乙女は淫惑に乱されて ………… 北條三日月

※予定の作家、書名は変更になる場合があります。